U0164562

善喻——著

白日夢

匯智出版

白日撐開夢窄門

——序善喻散文集《白日夢》

劉偉成

　　初看「白日夢」這個書名，總覺得有點陳腔，但忙不迭反問自己：難道由於現在已不再是容得下「白日夢」的世代？為甚麼單純說「夢」，卻予人歷久常新的浪漫感呢？究竟是「白日」令「夢」變得荒謬，還是「夢」打亂了「白日」的規律？或許兩者是一體兩面，只是現代人的白日總是充滿許多雜務煩差，令這個現實的載體倉庫化，彷彿連容納夢的隙縫都給填封起來。侷促的白日，跟昇華的夢，有着相互依存的張力：白日原來就屬於太陽，那麼夢便是環繞的藍地球，許多科學家都指地球的出現，在宇宙中的或然率非常低，可說是神蹟——除了要跟白日的來源保持着剛好合適的距離外；還要碰巧另一邊有木星這個巨無霸的強大引力陣護衞着，還要碰巧有一個比例大得無倫的月亮，以引力帶來潮汐，牽引着海流調節氣候……白日跟夢互相對立，又互相牽引，白日撐開了夢窄門。只是這道窄

門，不是像聖經所云，是通往虛渺的天國，而是逆向由虛渺開向現實，所有信念都必須經過這道窄門考驗才能成真。想着想着，我便打消了勸善喻改別的書名的念頭。在香港這個節奏急促、講求實效的都會裏，在已過不惑之年以後，還會呼喚白日夢，難道不需要一點點勇氣嗎？

在魯迅所譯被喻為「中國象徵主義的發端」[1]的廚川白村的《苦悶的象徵》有「白日的夢」一節，當中如此論述其滋養象徵的功能：

> 我們的生活，是從「實利」、「實際」經了淨化，經了醇化，進到能夠「離開着看」的「夢」的境地，而我們的生活這才被增高，被加深，被擴大的。將渾沌地無秩序無統一似的這世界，能被觀照為整然的有秩序有統一的世界者，只有在「夢的生活」中。拂去了從「實際底」所生的雜念的塵昏，進了那清朗一碧，宛如明鏡止水的心境的時候，於是乃達於藝術底觀照生活的極致。

1　見費正清主編，劉敬沖、潘居拯主譯：《劍橋中國文學史》第十二冊，台北：南天書局，1999，頁604。

這樣子，在「白日的夢」裏，我們的肉眼合，而心眼開。這就是入了靜思觀照的三昧境的時候。離開實行，脫卻欲念，遁出外圍的紛擾，而所至的自由的美鄉，則有睿智的靈光，宛然懸在天心的朗月似的，普照一切。這幻象，情景，除了憑象徵來表現之外，是別無他道的。[2]

有就是說「白日夢」有助做夢者將白天的現實轉化為「統一而有秩序」的觀照，進而「打開心眼」，捕捉「幻象」，繼而通過創作「象徵」，釋放文學意蘊，感染人心。如果用尼采的用語，白日夢就是「日神精神」和「酒神精神」的交界點，是文學創作的啟動按鍵。善喻這本《白日夢》便展現了這交界點上的奇特風光，通過這些風光，我們也看到善喻那觀照事物的心眼是何等明淨。

1　命名效力 —— 太陽命格

白日夢，令我想起《紅髮安妮》（Anne of Green Gables，或譯《清秀佳人》），因小說中的主角安妮是個

2　見廚川白村著，魯迅譯：《苦悶的象徵》，台北：五南圖書，2016，頁124-125。

很愛作白日夢的女孩，碰巧善喻的洋名也是Anne，我平常都是這樣喊她。紅髮安妮初到收養她的綠色莊園時，便給那裏的大自然美景震撼，不斷給這些美景命名：波光粼粼之湖、白雪皇后（窗前樹）、情人道、精靈泡泡（樹林中的清泉）……常言道太陽之下無新事，但通過想像力來命名，便是給事物在心中找着一個合適的位置，讓它成為自己生命的一部分，甚至是成為踏上更高層次的階梯，這就是廚川白村所謂的「有秩序的觀照」。每一次命名，在某程度上看來都是一個重整個人主體性的機遇，正如《聖經·創世紀》中指神在創造萬物後，便將之一一帶到人的跟前，要他命名，這是讓人意會到自己在萬物中獨特的品位，這令人不單將目光投射在事物的本質，更是這本質跟自己的生命存在怎樣的交感，然後以簡易的語言提出的名字便是洞察力的「鑽頭」，就是廚川白村所謂的「統一」的果效，讓人在營役的現實中鑽探引人入勝的縫隙，打開夢的窄門。「統一而有秩序」當然就是「日神精神」一邊的影響，正是「白日」的代表，屬太陽命格。

在《白日夢》中，你會不時遇上這種「命名效力」，例如在〈手·語〉中，文題就是一個新名字，文章記述自己因雙手顫抖而求醫不果，怕自己是患上了柏金遜症

一類疾病，結果斷定應是心中的恐懼和焦慮所致，於是便到深山靜修，文章如此收結：

> 這樹軀幹寬厚結實、深褐色的氣根隨意垂掛下來像帳幔、各式的樹枝任意往空中生長分丫，有筆直又有迴旋生長、它的根千條萬條在地上、地下四方蔓生，亂竄散開深入泥土，一直往生命的各種真相伸延。我不忍、也不敢踏在那近乎神聖的根上。我在荒野的蒼涼裏，小心翼翼走到那老樹前，禁不住用那抖顫的右手撫摸那樹皮上凹凸不平的縫隙，我的左手也伸出了把大樹擁抱着，指頭無休止地撫着那老樹身上由時間及風霜雕削而成的痕跡，直到我指頭不再抖顫可輕柔地伸入樹幹，直到我可進入樹身，下陷到泥上的根莖中，我終於明白心理學大師榮格在自傳中所言：人生是一場令人費解的實驗，真正的生命是看不見的，它深藏於根莖下。我們看見花，它會凋謝消逝，但根莖，仍然在。

本來「手語」是跟聾啞人士溝通時用的，是「無聲」的語言，作者加入了間隔號，使之變成了「手的語言」，變

成了「外在」觀照世界的自我跟「內在」深層記憶的自我溝通的「徵象」，而那凹凸蒼涼的樹幹居然聽得懂作者的「手語」，它的「靈性」變成「藥性」，從「手」滲透到「心」。作者最後寫道：「我們看見花，它會凋謝消逝，但根莖，仍然在。」平常我們就是竭力去觀賞和描畫繁花，卻忽略那抓住我們生命本質的沉潛，那是在寧靜中才能感受到的力量。「手之語」成為了感受這股力量的媒介，這亦是善喻散文中常涉及的母題（本文第三節「寂靜效益——木星命格」會再詳述）。

　　既談及人生中的「開花」，那麼就順勢談談〈花期〉這篇，驟看文題，以為是在說「花開的季度」，大概是談賞花遊記，事實上此文確實有記錄兩次到日本賞櫻的經驗，其中在能古島的那次，我也是其中一位見證者——確實一場令人難忘的櫻花雪。但文章開首卻是以小說家查理斯・狄更斯（Charles Dickens）鍾愛的「雕有含苞攀籐」的白面圓形掛鐘起興，以計算時日的古鐘意象賦予「花期」以新的含義：

　　在狄更斯發跡後，大鐘就沒再為他奔波，只冷冷地站到一旁，猶如一名幽靈，不離不棄地，以追隨和緘默令人儆醒。儘管大鐘沒向外人

説過他半句，狄更斯風光背後的陰暗面卻在他二百歲冥壽時，給著名的傳記學家湯敏伶（Clare Tomalin）揭示出來。想不到，英國鼎鼎有名的道德小説家竟過着偽君子的生活，不單令自己妻子兒女飽受折磨，還害了他深愛的尼妮一生。狄更斯在五十八歲因腦溢血猝死時，尼妮才三十歲出頭。

「花期」成了「花樣年華的期待」，這不獨是狄更斯，連他的年輕情人尼妮亦是對自己的青春滿有期待。善喻墊厚了「花期」的定義後，筆鋒一轉便談回自己於日本賞櫻的經驗，令「花期」成了人在「花開堪折直須折」的追趕中的得失考量和反思。文章後半部分作者採隨筆散記的筆調，將不同的賞花經驗混合地談，更接近「白日夢」的特質，以不同花期帶出「珍惜現在」的道理，讀者彷彿感到自己的生命中也有一座狄更斯一樣的掛鐘不知在哪個角落旁觀着，默默地為自己數算着青春的「花期」，這不啻就是「命名」含蓄的收攏效力。

　　同樣的章法也見於〈苦苦〉，這是作者給中藥的命名：「怪不得我好友的小兒稱苦茶為『苦苦』，舌頭初次嚐到苦茶已刺激到舌尖，最後把它嚥下喉頭又要再苦

一次。」如此便可大致將文章分成兩半，前半篇是呼應「舌尖初嚐之苦」，所以回溯孩提時飲苦茶的經驗，說到自己具有「捱」苦茶的天分，趣味益然；後半篇應該是想呼應「喉頭部位的苦」——作者說這是嚐到所謂「回甘」的部位，所以此部分多記自己經長年調理後回復健康的體味。惜後半部分夾雜太多中醫師的人生故事，這些故事本身相當吸引，大概這亦是善喻割愛不了的原委。命名之效在於將白日夢式的「發散聯想」重新收攏到一道引人深思的命題上，使之加更耐嚼。

2　鏡象效應——月亮命格

在小說中，紅髮安妮因為父母雙亡，在落戶於綠色莊園之前，一直過着顛沛流離的生活，她每天像灰姑娘一樣幹着粗活，連閒餘的時間也欠奉，更遑論結織同齡的玩伴。安妮於是將碗櫥玻璃上倒映出來的自我影像當作傾訴對象，她給「鏡象」取命為凱蒂・莫里斯（Katie Maurice），這可說是「移情」（transference）作用，指的不是詩歌中常用的「物皆著我之色彩」的投射手法達至的「移情」（empathy），而是心理學上所指的「情感轉移」的現象——這本集子裏的首篇〈夢・飛翔〉便是

記述作者跟心理醫生面談治療失眠的經驗，所以大概用上一點心理學說來分析也不會是抽離得太遠。榮格在《心理類型》（Psychological Types）第十章闡釋了「外傾」（the extroverted type）和「內傾」（the introverted type）兩種心理適應方式，前者的「能量流向」乃從內朝外導向，後者則相反。須知這不是二元劃分的類屬，榮格指每個人都具備這兩種傾向，只是在不同行為上會顯示出不同的適應方式。不同行為上會有不同方式，如此組合起來才是一個人的性格特質。在「移情」的活動中，外傾的特點是主體馴服於客觀對象，借此獲得較高的生命價值，主體的心理狀態很大程度上受客觀對象牽動。反之，內傾的特點則是主體跟客體處於抗衡的情態，從而強化自己的主體性，客觀對象只是主體的心理投射的標記。回看紅髮安妮的例子，雖然凱蒂是投射出來的影像，但心理適應方式卻屬於外傾方式的，因為安妮視她為重要的撫慰來源，她甚至要求領養者瑪利拉（Marilla）以「凱蒂」來稱呼自己，安妮的情緒竟然受自己的鏡象所牽動，情形就像是月亮之於我們。縱然我們都知道月亮上遠不及地球豐饒，但它跟地球有着相同的自轉公率，令它彷彿就像地球的鏡象，在詩人眼中皎亮的月是傳遞思念的媒介和傾訴衷情的對象。我將這

種外傾式的「移情」活動稱之為「月亮命格」。

在《白日夢》中有幾篇寫到名人事跡的作品，都表現出這種「月亮命格」。在〈最動人的磚頭〉中，諾貝爾獎小說家托馬斯・曼（Thomas Mann）跟其故鄉呂貝克（Lübeck）市成了作者「移情」的對象——兩者都是反對希特拉而蒙難：

> 1955年，呂貝克頒佈榮譽市民獎給他。一晃半世紀，曼終於重臨兒時舊地。他在致謝詞中訴說童年最快樂的時光都在呂貝克附近的海邊Travemuende度過，又訴說他最不愉快的經歷都是源於父親過分嚴苛的管教。可是，他忘了他身上就是流着那奇怪不可解家族理性又敏感的氣質。曼一直過着極有紀律的生活，每天清晨六時開始寫作到中午，其間獨自一人享用早餐，不發一言，不容任何人打擾，妻子只可把早餐放在書房門前待他享用。曼連聽音樂也愛躲進書房，獨自欣賞感受。他小說的人物總是敏感、熱情，甚至常著了魔般的迷戀他人以致走上崩潰或自毀之路。

呂貝克跟曼都是不惜代價抵禦黑暗時代的進逼，善喻大

概期盼自己跟香港也可以發揮如此的共生關係。我在2019和2020交接的年頭重讀這篇，可說是百感交集，會不禁問自己，在這不仁的世道中，身為寫作人能否將信念秉持得像筆桿子那樣挺？我想善喻寫畢此篇時，也跟我有着相同的反思，並因而感到生命裏多了一重責任感的墜重。

相對於曼的理性自制，〈遺情書〉裏所展現的「月亮命格」則是貝多芬的敢愛，那是一份無私非佔有的真愛，相較上面引錄過的狄更斯的愛情觀，善喻明顯較欣賞貝多芬在愛裏所作的犧牲。認識善喻的朋友都知道，她是一位極佳的聽眾，不獨是聆聽別人的傾訴，在欣賞古典音樂方面亦然，善喻曾贈我貝多芬作品的演奏CD，但我卻沒聽出甚麼深層意義來，但聽善喻闡釋，才有種恍然大悟的感覺。我想善喻在聽貝多芬獻給終生唯一愛人的《狄亞貝里變奏曲》時，一定會被其中的真情震懾：

> 貝多芬曾說過，他在這套變奏曲中用上了畢生所學的鋼琴技巧。三十三首變奏曲，每一首的結構都大不相同：第一首是進行曲、第三十三首則是圓舞曲，中間第二十二首還引用

了莫札特歌劇《唐‧璜》中的詠嘆曲《日日夜都要工作》（Notte e giorno faticar）！整體旋律不以優美取勝。樂評家認為此曲的風格更像二十世紀的作品，富有強烈的電影感，豐富多變。

貝多芬花了四年時間，斷斷續續把樂曲完成，最後獻給了東妮。三十三重變奏，卻是一往情深。它不是寫於熱戀之中，也不是在失戀之餘，而是在晚年悠悠戀念的漫蕩，東妮成為了最深沉美麗的回憶。

將自己畢生所學精華貫注到一個作品中獻給無緣結合的至愛，是何等悲愴轟烈的情事，可說是「問世間情為何物」這道天問的動人回應，讓人體味到愛裏除了無私的付出外，還有成全他人的節制。

由於善喻醉心古典音樂，連帶對作曲家的生平軼事也頗有涉獵，所以即使是像貝多芬那樣的家喻戶曉的大人物，〈遺情書〉中所述的事跡竟然是我們沒怎樣聽聞過的故事，而且善喻擅於以許多細節描述，令筆下的人物真的像「鏡象」（雖然這不是「鏡象」這術語的規範定義）一樣清晰，更難得的是善喻還會讓你看到她跟「鏡象」相似之處，和牽動了她自身的哪些情緒，就好

像月亮永遠跟地球有着相同的自轉公率，暗地還牽動着地球的潮汐一樣。如果你喜歡〈遺情書〉，集內另一篇談及莫札特生平的〈聲無哀樂〉更是不能錯過，你會看到恃才傲物的莫札特原來有如此深沉的傷痛，以及有着熬過傷痛的頑強意志：

> 不錯，是真正的亞曼第斯。他自己在結婚證書簽上了新的名字 Wolfgang Amade Mozart。他得不到父親的祝福，也拿不到在父親手上出生領洗證明，把心一橫，為自己起了新的名字：亞當。拉丁文就是 Amadeus。他日後不同階段就用 Amade 或 Amadeus 簽署文件和自己的作品。他成了原人，眾人之父。藉着他，我們曾經到過樂園，也被逐出樂園；嘗過快樂，也嘗過愁苦。無論如何，跟他一起，我們選擇了樂觀優雅地前行。

善喻筆下不單是赫赫有名的大人物，在〈You've Got Mail〉中，你會讀到一位殷實敬業樂業的郵差身影。熟識善喻的朋友都知道她是位喜歡寫信手感的甜姐兒，過去十多年，每逢到外地旅遊或開學術會議，她必定會給我寄來明信片。這麼多年來，從本來不置可否的冷淡，

到後來變成期待她的明信片，現在甚至感悟到她所堅持的「寫信的手感」。大概就是這個原因，善喻很喜歡以書信來突顯那人情感細節，令筆下的「鏡象」所展現的不獨是外觀和浮泛的側影，而是細緻清晰的情感脈象。

3 寂靜效益——木星命格

　　紅髮安妮在成長過程中，為着要跟假想敵加百利（Gabriel）比拼考入皇后學院，慢慢變得沉靜，連收養人瑪利拉也説安妮沒有像以往那樣喋喋不休地説個不停。當寵愛安妮的馬修（Matthew）因心狹症而溘逝後，體悟到死亡帶來的傷痛後，安妮更常獨自一人往馬修墓前沉思生命的意義，變得較以往更好靜。榮格在《心理類型》中指「內傾」與「外傾」的方式之下有四種心理模式：思考型（thinking）、感官型（sensation）、直覺型（intuition）和情感型（feeling），每種模式都可以有「內傾」和「外傾」的表現。善喻的「思考性」文章則屬「內傾型」——會顯得腼腆猶豫、迴避主流、悲觀善感、自我防禦。而引發善喻深思的往往是由於心中想望失落於現實。讀善喻的思考性文章會發現她常追求寂靜的氛圍，這是她在第一本散文集《出走》已經常出現的主

題，只是與其說「寂靜」是善喻思考的命題，不如說那是催化她思考的氛圍，所以她會長途跋涉到修道院住上一陣子，回來後更喜孜孜跟我分享經驗，那是很少在善喻面上流露的雀躍之情，之後她寫成了集子中的〈雪日〉，其中她寫道：「我只能在修院的迴廊傾聽寂靜、在傍晚欣賞多彩變幻的晚霞、在睡前默默祈禱再下一場夜雪。」

我想起她在上一本散文集有一篇叫〈靜極〉的文章，其中提及一套拍攝修道院生活的紀錄片，導演說要捕捉寂靜，所以連壁爐中的火舌噼啪作響，修士袍的窸窣都聽到清晰。我又想起挪威探險家厄凌·卡格（Erling Kagge）的《聆聽寂靜》這本小書，其中提到一個小故事令我印象深刻：美國於南極的基地有99位科研人員，有一年聖誕節，美國來的同伴給基地各人都送上一枚小石頭，在南極多月，目下只見到雪和人造建築，鮮能見到石頭，每個人都如獲至寶，卻沒有人吐露一句話。他們正在寂靜中記下那手中石頭的重量和膝理。[3] 善喻文章不是在思考寂靜的本質，而是在思考它如何幫助心靈記住那珍貴又抽象的石頭重量，正如集子

---

3 《聆聽寂靜》（謝佩妏譯）：台北，大塊文化，2018，頁27。

中的〈閒人免進〉是如此收結:「聽說位於倫敦的華堡圖書館上鑄有拉丁名言兩則:英譯是 There is no place for idle people. No loitering (此地不容閒人。嚴禁閒蕩。);以及 There is a sure reward, too, for trusting silence (信守緘默者必獲酬報)。」在〈寧靜的大學之道〉中有這樣的一段:

> 學院如寺院都應有安謐又深邃的寧靜,讓人反思明悟。以設計現代大學及學術研究院見稱的已故美國建築大師路易康 (Louis Kahn) 在設計耶魯大學美術館時曾說過,他要人們不單能在他的作品內感受到寧靜,還得聽到寧靜的聲音。而寧靜對康氏來說是無法衡量、來自內心深處的巨大渴求,必須得以彰顯。寧靜與光是他靈感的泉源,而一棟偉大的建築物必須從無可計量的寧靜作為起點。康氏深諳「大音稀聲」的道理,他要建築系的學生表達每顆磚頭要說的話。

對寂靜氛圍的期許和追求是木星命格的表現。天文學家說木星就差那麼一點點便會燃點起來,變成另一個太陽,這正好代表着「夢想失落的現實」,這往往是觸發人思考的扳掣。可幸,木星沒有燃燒起來,否則

地球在兩個太陽夾擊下，一定會變成一片荒蕪。它靜靜守在太陽系的外圍，在寂靜中一方面保持自己的思緒激烈翻滾成奪目的大紅斑；另一方面又以巨無霸的吸力衞護着地球，將來襲的天體拉散成碎片，並落入自己的懷抱中——1994年舒梅克—李維九號（Shoemaker-Levy 9）彗星正好給木星拉散成21塊碎片，不然地球便可能受到碰擊，引來大災難。木星就是為地球守護着寂靜的使者。天文學家説，要一邊有太陽，一邊有木星，中間有體積比率相近自轉協調度如此高的月亮同時存在，地球才會存在，人類才會出現，白日夢才會化生出來，機率相當於在高空急速下墜而要穿過地上一道窄門一樣渺茫。

白日夢，是人對自己心靈活躍的證明，讓我以《聆聽寂靜》的一段作結：「我走到哪兒，寂靜就跟到哪兒。與世隔絕，天地為我獨有，我不得不進一步思索原來就在腦中的意念——還有感受，這才是更大的考驗。……讓凍壞的身體回暖，比一開始凍到麻木還要痛，過了大半天，等身體重新暖和起來，我又有力氣做白日夢了。」[4]

4　同註3，頁26-27。

目錄

夢・飛翔

　　那刻，所有的憤怒和怨恨都湧到手上，我狠狠地用那股力一巴擊在他臉上，再雙腳一蹬踢開他。心想我得馬上離開，但踢開他的氣力大得連我自己也失去重心。我驚醒了，再次迎接我是黑沉沉的四周，我喘着氣，四肢卻如鐵鉛重甸甸癱在床上。我的意識是清醒的，我清楚知道我又再次被逐出夢鄉。如同夏娃和阿當，我沒法再進入樂園，我被判徹夜在夢外徘徊，必須勞其筋骨，也未必能得到片刻安眠。

　　我是一個非常愛睡的人，卻沒法駕馭黑夜。我做着各種的噩夢，又常常夢見他，縱然我們已分開了十年。我在夢中，總是在逃：逃離一座座迷宮；逃離一所又一所殘破漏水的屋宅房子；逃離那一層層旋轉的梯級⋯⋯對於我這個毫無方向感的人來說那是一種疲累又恐慌的折磨。醒來的時候，身體更疲倦。

　　我把這一切告訴了我的心理治療師。沒有如電影中，治療師的房間沒有舒適、可令人半臥或躺下的長椅

子。他的房間談不上寬敞，甚至有一個櫃子放着各式各樣令人產生莫名恐懼的塑膠玩具，那兒有恐龍、野獸、農場動物。我坐得筆直，把我的夢境告訴了治療師。他只是笑笑，說我看來很累，說要我把自己內心的恐懼釋放出來。他又說，別怕自己的夢，夢是我們的潛意識，它只比我們的內心世界走快了一步，能預兆我們內心成長的活動，他甚至說夢是我們潛意識白天編製出來的。

那怎可能？我滿以為我的心理治療師會像弗洛伊德為人們析解夢的密碼，甚至解開夢的魔咒，他卻說了如此不着邊際的夢話。白天時，我的潛意識已密謀為我晚上編製了一連串噩夢？我長大後從不看恐怖電影，也不看鬼狐故事，怎會在晚上給自己自編自導自演一套套沒完沒了的黑色「電影」來？我能拒絕這一切嗎？那來自自身巨大的潛意識，它真的屬於我嗎？一進夢境，我便得任由它擺佈和主宰。

有些時候，我沒法在噩夢中醒來，它纏着我，令我進退兩難，我弄不清到底我是在夢中還是在真實的世界。我在夢中曾經不只一次驚惶失措，哭了起來，最終竟被自己的淚水弄濕了、弄醒了。

那心理專家也建議，若我在夢中醒來，我應把夢

境寫下。他根本不明白，當一個人在夜半被逐出夢世界時，那種無助感與無力感。那時只會有一種強烈的清醒感襲來，頭腦卻沒法思考，人變得空洞又空蕩。你只能看看時鐘，也許是夜半三時、四時；你只想爬回睡夢中，但你也清楚知道那是不可能的。你從夢魘中走出來，卻沒有其他地方可去，唯一能做的只是等待天亮，也只有白天在等待你。

所以我是非常羨慕我的同事小飛。他從不做夢，總能倒頭大睡到天明。他的睡眠質素好到近乎危險的邊緣，連他自己住的大廈火警鐘在夜半誤鳴，他也沒聽到。他往往要兩個鬧鐘的聲響才能把他自己弄醒。也不知道是否一件不幸的事情，小飛的妻子跟他一樣有這特異的深度睡眠能力。

事實上，我也不是夜夜在做夢。有些晚上，我的潛意識並沒有召喚我到夢工場裏去，我終於安穩地睡着了，但卻在夜半給一種莫名突兀的力量推醒了。我張開眼睛，確切知道我在現實世界中，看到我熟悉和屬於我睡房的吊燈，看見街外光線在天花晃動。我醒了。我的潛意識，到底我在甚麼時候得罪了你？你為何不讓我安睡？讓我休息？時鐘是二時，我猶豫着是否應去哽下一顆安眠藥。我深知那不是救我脫離失眠的解藥，

而是一種毒藥。哽了那顆細圓的藥粒，我很快就能昏過去，但當藥力盡散醒來後，四肢只會感到繃緊疲倦，整條舌頭只會有一種清洗不了的苦澀味，而那氣味將跟隨着我，佔據我一整天。伴隨着是強烈的頭痛，繼而那痛楚會變成揮之不去密密麻麻游絲式的苦痛，我得接受這一切並再次學習跟自己的身體相處。

萬分不甘，我還是在夜半爬起來。我根本沒法想像為何詩人史蒂文森還能在失眠夜寫下浪漫的詩句，說自己披上燭光在寒夜間潛行。我則是被迫醒着，只能拖着身軀到露台，看着月亮從雲層裏漸漸露出。那確是一種澄明亮麗又迷人的光，但那圓渾的光一落入大廈的泳池中，卻給微風吹皺得顫顫抖抖，風再吹動冰塊似的雲層時，月亮已被蓋住了。夜又再次變回濃密無邊的黑暗，那池平淡失色的墨水只令人想起傳說中李白的死亡。

我真的沒法明白我的身體為何會如此，我的潛意識在甚麼時候變得如此野蠻兇猛。有些時候，它根本不讓我入睡，不讓我跟它接觸。你聽人家說過累得沒法入睡嗎？你可知道那是一種如何痛苦的滋味嗎？那是一種累透，筋疲力竭，只想也只能睡覺的感覺，但你躺在床上快要滑進夢鄉時，卻被一種突如其來的離心

力、不知哪裏來的恐懼感緊緊抓着，把你拋擲到半空；又像自己快要墮進懸崖，自然的本能反射卻偏是不能讓自己跌落山谷中。是，是你已累得要命，而又是你死命拉着自己不讓自己溜入睡夢中。

這一切，我控制不了。那心理專家又囑咐我晚飯後去散散步，白天多做運動，睡前做靜思。有一天，我真的做了：白天去跑步；晚飯後又來回散步；睡前又胡思亂想地冥想。那夜，我終於安然入睡，並做了一個奇特的夢。

在夢中，我去了一個荒廢的沙漠小城，那兒人跡罕見，只有頹垣敗瓦。我心裏發慌，告訴自己我得馬上離開那城，我沿着山走着，恍恍惚惚，身體竟「唰」的一聲飛了起來。我飛行得如此自由，如同那是我與生俱來的能力。我乘着風力，高高低低地飄浮在氣流中，橫滑於藍天中。我耳邊有呼呼倏忽風響和着，咽喉肺腑流動着前所未有的潔淨輕盈空氣，這翱翔的自由令我摒除了所有的噩夢和疲憊。我飛過高山、幽谷、城堡、村莊，所飛過的每一處都由泥黃灰濛沙塵變得七彩美麗。我看見滾滾閃動的湛藍大海，看見七色的小花在綠油油的田野搖動。

但我竟沒法降落，沒法醒過來。

手·語

　　我付過錢後，左手擁着那束香氣濃烈、豔麗桃紅的百合花，右手伸出正準備接過零錢。那賣花的小伙子卻瞪大眼睛，一臉狐疑地看着我道：

　　「你的手怎麼在抖？你不會是那些啃藥的人吧！」

　　「不，只是今天喝多了咖啡，沒事的。」

　　像逃犯一般，我慌忙離開那花店。該死的右手，我把它深深藏到衣袋裏。都是我的錯，為甚麼我要到花店受那種屈辱？我只是想為這些灰濛的日子添上一點生氣而已。在這座城市，冬天總是灰沉陰暗，令人分不出白晝和黑夜，還常常下着刺骨的冷雨。那些雨從不明快俐落，而是沒完沒了隨着冷風從四面八方紛紛襲至。它們令你開傘不是，不開傘也不是。面對如此毛毛細雨，開傘令人誤會你是矯揉造作，不開傘卻弄得自己全身濕冷冷。

　　到了家，我才把右手拿出來，但是微顫的它與風華正茂的百合花卻是如此格格不入。我望着我的手，

把兩手也伸出在空中檢視着它們，左手的手指堅定無懼、毫不怯弱地迎着我審視的目光；右手的指頭卻不受控，左右左右地抖顫着。我垂下手臂，收回繃直的手指，我不知道為甚麼我會變成如此。甚至到底是從哪一刻，我的右手就變得如此躁動不安，我也茫然不知曉。我根本就沒有沾過一滴咖啡，顫抖卻一直纏着我。

起初，我察覺到我沒法在上書法課時好好地寫下直線，連撇和捺也不行，我的右手不自覺地抖，所有線條都變成鋸齒狀的條紋。那位好心腸的老書法老師還和藹地提醒我，別在習字前去打球或拿沉重的東西。但我是無辜的，我根本就沒有在練字前做運動，或拿重東西。我討厭運動，最後竟變成討厭書法班。

我滿以為不寫毛筆字便不會有人知道我小小的秘密，可是一天我跟敏吃午飯，把盤子遞給她時，她竟咯咯笑起來道：「看，你老了，你的手在抖，像名老太婆！」天啊！我才過了三十，話迎不上來，腦海卻浮現着我中學老師格尼絲修女那雙抖個不停的手。我學校的修女全都不用穿修會的會衣，而格尼絲修女總愛穿連身裙。聽說她是學校裏唯一有博士學位的老師，傳聞也說她已年過退休之齡，只因熱心教學才留下來不回美國老家。修女一頭短而鬈曲的銀髮，永遠精神飽滿，

兩眼老是眨着各式的主意，滿臉笑容，對我們總是和顏悅色，上文學課時常說得得意忘形，手舞足蹈，她的手在半空卻抖得像懸在樹梢上快要掉下來的葉子。

我將會步修女的後塵麼？我跑了去看醫生，被轉介去看腦部精神科。那位醫生吩咐我做各樣的小把戲：伸出右手，用左手摸摸自己的鼻尖，再交換做一次；閉上一隻眼睛，伸出食指，嘗試觸碰醫生的手指……結論是我沒有柏金遜症。醫生甚至說柏金遜病人應是雙手也會抖，既然我只是右手在抖，那可是家族遺傳，或不知名病因，或只是精神緊張，就由它吧！

由它？可它不放過我。它無時無刻也在抖動，像一枚計時彈，隨時要我在眾人前醜態畢露：在演講時，在跟人握手時，甚至連我獨處寫字時，我歪歪斜斜的字跡也在洩露我的秘密。我最害怕人家要我為他們拍照，我的手沒法把鏡頭好好對焦，所有相片都變得模糊不清。我也不大願意再參加任何社交活動。

可是一次我跟家人吃飯時，我七歲的小姪女看到我拿起茶壺倒水時，竟在我家族的人面前說：「姑姑，你的手為甚麼在抖？」

「跟你們一起，不抖才怪呢？」

我的小姪女一臉茫然地看着我。為甚麼我會說出

如此難堪惡毒的話去傷害一名小女孩呢？我的家族確有脾氣古怪難於相處的人，但沒有人患上甚麼柏金遜症，或奇怪的抖顫病，父母沒有、祖父母沒有、外祖父母也沒有，我是唯一一人。

我跑了去看心理專家，他說我內心積藏了恐懼和不安，要學習調息身體，好好令自己放鬆。他教了我不同的把戲：深層的呼吸，冥想的技巧，甚至相傳是達摩大師留下來的甩手操。

我回到家中嘗試感覺自己的一呼一吸，自身的重量，自己的心跳⋯⋯空氣確從我的鼻孔隨意流動，自出自入；我的胳膊沉下來，下身變得沉甸甸；但是我感覺不到自己的心跳。我也把手放在心房上，沒有噗噗的心跳。一切如此寂靜，我的房子、街外也沒有活動，世界彷彿停止了。我看着我的右手，它微微在顫動，我整個人癱在椅子上，我究竟發生了甚麼事？我再看看我的右手，它手背的筋絡微現如細小的樹根，我的手掌長滿雜亂的掌紋，令人想起老者的皺紋。我緊握着的右手，不忍再看它，卻在那時我感到我右手的血液在流動，達至五個指頭，我的手在呼吸，它仍在抖動，那呼呼噗噗的心跳竟存於我的手中。我立刻明白我的心房跳動已移到我右手中，我必須離開這個我長大的城市。

好不容易熬過冬天，我背着行囊去了傳說中曾有高僧居住的「靜山」。這山不算高，沿路稀稀落落有幾座先人的墓，空氣濕潤令人惆悵，卻異常的乾淨。突然有兩枝細小的嫩枝像圓圈連在一起滾到我面前，再分開，竟是兩條幼小的蜥蝪。整座山也有這些如手掌般大的蜥蝪守着，牠們在路上休憩，身上長着鮮黃色的斑紋，有長長的背鱗脊。牠們一點也不害怕我這陌生人，我倒心生畏懼，不敢直視牠們的眼神。我一直向山上走卻看不到盡處，忽覺身後有人，轉身一看，果然是另一行山者，他沒有理會我，只朝另一方向走去。但我仍覺有人，再往後看，舉頭再看始知那是風吹竹林的聲音。初時，呼呼棚棚作響，又猶如推土機在沙石上輾過之聲音；再聽，又像木塊斷裂之聲；又再聽，竟像古老大門開關時發出咿咿呀呀之音。那竟是竹林的聲音，風吹着吹着，竹林聲沙沙沉沉，伴着的是風吹樹梢發出沙沙之聲，亦有風與風在我耳邊發出呼呼之聲。看到高瘦的竹枝隨風擺動，風鈴木的黃花隨風飄送，更有滿天滿地英雄樹灑落的火豔花瓣，我放下行囊，走到那巨大的榕樹前。

　　這樹軀幹寬厚結實，深褐色的氣根隨意垂掛下來像帳幔，各式的樹枝任意往空中生長分丫，有筆直又有

迴旋生長，它的根千條萬條在地上、地下四方蔓生，亂竄散開深入泥土，一直往生命的各種真相伸延。我不忍，也不敢踏在那近乎神聖的根上。我在荒野的蒼涼裏，小心翼翼走到那老樹前，禁不住用那抖顫的右手撫摸那樹皮上凹凸不平的縫隙，我的左手也伸出把大樹擁抱着，指頭無休止地撫着那老樹身上由時間及風霜雕削而成的痕跡，直到我指頭不再抖顫可輕柔地伸入樹幹，直到我可進入樹身，下陷到泥上的根莖中，我終於明白心理學大師榮格在自傳中所言：人生是一場令人費解的實驗，真正的生命是看不見的，它深藏於根莖下。我們看見花，它會凋謝消逝，但根莖，仍然在。

閒人免進

　　我不得不睥睨那些本該合上嘴巴的人。這躁動的城市裏，不知多少人心沉積着幾世紀的怨懟頁岩，令他們易於躁動，變得神經兮兮。而我，當然是其中一分子。猶記得那天在一所標榜文化氣息的書店內，我差點因試圖護衛那僅餘的寧謐而動武。若然我真是訴諸武力，最後被拉上法庭，法官大人或會以維護公眾安寧的理由判我無罪釋放。事緣有一位遠方的友人託我幫她找一本有關中國食譜而又能展現中國文化，同時又帶點故事性的書來送給她那「黃皮白心」的姪兒。我為此苦惱不已，在書店團團轉了好一陣子；正當我找着一點曙光之際，卻有一位仁兄站着、呆着、霸佔着那重要的書架。他雙腳動也不動，背向着書架，一味拿着電話在高談闊論，不肯讓開。像他此等舉措不單應被驅逐出書店，還應被罰永世不得踏足書店清靜地，直至他痛改前非。我跟這位仁兄對峙了好一陣子，鬧出了一點不快，關於其蠻行姑且不錄，以免我又氣上心頭，我只

想強調在事件之後，我心裏不時憶念那些可以讓人獨處，滋養書緣、文字緣的書店。

想到書店，我對台南的草祭間一直念念不忘。這所書店位於老區的一所老房子內，專賣二手老書。它面向孔廟文化園區，朝着深宅巷弄。推開那厚重的木門進內是一個小小的「接客區」。那兒有專門的明信片、舊照片、特色的文具及文物藝術品售賣，也有一位非常有書卷氣的小姐幫助所有訪客辦「開卷卡」。那位小姐束着一頭烏黑亮麗的長髮，架着圓形眼鏡，一臉素淨，穿着及膝的長裙，說話如此婉順可親，彷彿只有在電影中或在董橋先生的散文裏才存在的角色。確實只有她的氣質才能跟那所溫厚安靜的書店相襯，也只有這敦厚的書店才配得上那位溫文秀雅的小姐。如要進店，哪管只想逛逛消磨掉約會之間的隙縫時光，也得奉上一百元台幣辦理「開卷卡」。這大約等同一杯咖啡價錢的入會費可用來購買店內的書本或文具，即是說你必須花一杯咖啡的費用才可進入這森嚴的草祭間。這不多不少的付出已足夠測試要進店內的人對看書的態度，也足以擊退那一眾只是來觀光獵奇的閒人。

當你喝下這杯「咖啡」後，你將可打開一扇玻璃木門，進入那近乎神聖的知識領域。

草祭間異常寧靜，看書人也不多，各人也安守本分，沒有人在閒談，各人連走路的腳步也放輕放緩。店內禁止攝影，要參觀也只能從心底細細打量一切，慢慢觀察，讓眼前的一切沉澱於心中。

　　草祭間是一所由三間房子和一間獨特的地下室組成的「書屋」。過了接待區那一關，方可內進，但仍要穿過後室的天井區才可到藏書室。那時，你必定會停下來，因你將看到一樓的藏書室與地下室的水泥隔層幾乎全被打掉：就是說一樓的中央是沒地板的；同樣在地下室往上看也沒有天花，只看到呈四方格漏空赤裸的鋼筋。你必須小心翼翼沿着交錯的鋼筋邊前行，再走下階梯到地下室的藏書區，方可由另一側階梯轉上到一樓另一處。那兒有店主收藏的古書、稀有版本和別的藏書，也有可舉辦藝文活動的會議室，更有高高長長的竹製樓梯斜掛在六米高的書櫃上。

　　草祭間儼如一所獨特設計的二手書博物館，它精心的建築佈局不單讓讀者滿懷讚歎之情，也牽引着看書人、尋書人戀慕之情。當讀者必須順着那流動的室內格局前進，穿梭於串聯接待室、天井、一樓、地下室，再轉上另一藏書區，心裏不單對那些舊書，也對那老房子、那書屋，甚至那室內的恬靜萌生愛意。聞說草祭

間的主人已是第三次辦書店，首兩次也失敗告終，只願草祭間能一直堅持下去。我確信草祭間的主人賣書志不在賺錢，他必定是以賣書藏書為其生活，而書能置於草祭間何其美，人能在草祭間享受看書的樂趣何其幸福。

草祭間由一名真正愛書人所經營，而遠在德國漢堡的華堡屋（Das Warburg Haus）則是由一位名副其實的書痴所創辦。艾比華堡（Abbey Warburg）生於1866年，是猶太裔顯赫銀行大亨華堡家族的長子。可惜艾比天生性格敏感多愁、身體多病，在晚年更被診斷患了當年被認為無藥可醫的精神分裂症和嚴重抑鬱病，要住在病院四年之久。可幸的是艾比極其愛閱讀，常沉醉於書海中，年少時已立志當一名學者。為人津津樂道是他在十三歲時向比他小一歲的弟弟瑪斯（Max）提出協議：他願意交出他身為長子所擁有家族生意的繼承權和管理權，以換取瑪斯將為他提供和購買他終生要用、要看的所有書本。這兩位少年以君子伸手一握「簽署」了這項交易，也奠定了華堡家族日後在人文藝術的歷史性地位。

不要小覷艾比這半瘋帶狂的要求，他博覽羣書的速度非常人能及。在某一年寫給瑪斯的信中，他提及

書費的事情並寫道:「去年我買了五百一十六本書,也害我長了五百一十六根白髮,按現時的發展,我將很快又要多長五百多根白髮。」瑪斯對其哥哥有情有義,不單照顧了哥哥成年後的生活費,也滿足了他對購書、藏書的慾望,為他建了一所私人圖書館。這位難得的弟弟更憑着他務實、遠見、無比的勇氣和智慧在二戰前夕跟納粹掌權人周旋並把家族各人送離戰火之地。

這艱鉅的任務包括保護和移送艾比在華堡屋深愛的八萬冊藏書。(艾比得上天垂顧在希特拉掌權前,在1929年以六十三歲之齡心臟病發去世。)當魔頭希特拉在1931年上位後,瑪斯深知不妙。艾比的學生沙桑(Fritz Saxl)立即辭退了當華堡屋總監一職,並提出華堡屋的書籍必須盡快另覓家鄉。幾經周旋和多番努力,倫敦大學願意「暫借」所有藏書,以避納粹政府多疑留難。也就是說納粹政府深知那些藏書有多珍貴,他們放行書本的條件是:華堡必須捐出二千多冊有關第一次世界大戰的書籍給納粹政府,而華堡家族亦不得就借書一事向傳媒作任何披露。1933年,八萬冊書籍(五百三十一箱書),連同相片、畫冊和書架,由兩艘專門的船載着向倫敦出發,由艾比的太太瑪莉和沙桑護航。瑪莉在書本安全抵達倫敦一年後因癌病去世,彷

佛她要照顧艾比和他至愛的使命已完結了。這又證明了當年艾比不顧家裏各人反對，執意要娶瑪莉（一位雕塑藝術家）為妻是正確無誤的。

至今艾比當年的藏書仍在倫敦的華堡研究院和圖書館（The Warburg Institute），德國漢堡的華堡屋又如何呢？雖説是「屋」，實在是一所真正難得的圖書館。

你知道嗎，要找一所藏書豐富而又安靜的圖書館何其困難？大學圖書館是給學生溫習、討論、談情、休息之地；公共圖書館更是另類社區中心。試舉溫哥華市中心那所外表宏偉如羅馬鬥獸場的七層圖書館，只有五樓是安靜區，言下之意就是大家得有心理準備可在別的樓層聽到各種不必要的聲音。一樓已近乎育嬰區，別的樓層座椅設計就是給人閒談之用，而五樓安靜區也沒要求大家肅靜，告示牌只勸告大家務必要把聲浪降低。當你看到、聽到人家在討論功課作業，在玩電話遊戲而發出「嘟嘟」的聲響，甚至工作人員也在邊工作邊聊天説笑，你也只能啞忍一肚子氣作罷。

這些煩人的瑣事絕不會在華堡屋發生，因它是一所半公開的圖書館。雖説隸屬漢堡大學，但只有大學在屋中舉辦活動時才任人參與。別的時間必須事先申請。由於華堡屋以藝術歷史書見稱，但我的專業實在

是跟屋內藏書南轅北轍，扯不上絲毫關係，而華堡屋也是謝絕單純的觀光客，我唯有坦白道明來意。我在電郵向秘書小姐寫道，我是一名業餘作家，來自香港，看了 Alberto Manguel《深夜圖書館》一書後得知華堡屋的傳奇，望能到訪一看，以介紹給家鄉的讀者。蘭曼小姐（Frau Landmann）很快回覆電郵，還說華克教授（Professor Warnke）會親自接待，向我講解圖書館的一切。我首次以作家身份闖蕩江湖就獲得如此禮遇，令我不禁受寵若驚又沾沾自喜。

那天我提早出發，坐過公車後還得走十分鐘路程。沿路前行已知華堡屋所處的一帶並非等閒之輩能居之地。別說不同大屋的精緻設計，單是愛斯特河（River Alster）在身邊緩緩流過，帶領着我尋訪艾比的寶藏，已令人愉悦萬分。到了華堡屋後，就會發現圖書館的窗戶和花園也是朝着那流麗清脆的小河。華堡屋與它周遭的住宅截然不同。它全座以二十年代盛產於漢堡的深褐紅磚而建成，它低調內斂，建築物上只是寫了 KBW 三字，代表了華堡文化研究圖書館（Kulturwissenschaftliche Bibliothek Warburg）。艾比特地要求用土產紅磚，以示他既是猶太人也是地道的漢堡人。

別小看這貌似樸實無華的磚屋，內裏別有洞天，走過接待區和衣帽間後，你將看到一小座運載書本專用的升降機，那是原版1926年的設計。艾比沒有要求在這四層大屋為自己安裝電梯，卻刻意向設計師提出這要求，一心只想着他的書。

事實上，艾比一直夢想有自己的圖書館。1903年，他十七歲時已有自己的私人圖書館，1914年已計劃興建一座半公開的私人圖書館。在華堡屋1926年正式落成之前，艾比已在1920年決定要把圖書館公開。他夢想的華堡屋是既要有圖書館，亦有演講廳，要成為文人雅士的文化沙龍和學術重點。1920年也是艾比被確診患上精神分裂，被送進精神病院的那一年。他的醫生和他本人也沒信心他的病可痊癒。導致艾比病發是他不堪看到第一次世界大戰，人類的野蠻行徑如何毀滅文明的一切。他以為藝術和文化會令人覺醒，會阻止戰爭的瘋狂行為。但他錯了。他陷入一種不能自拔的痛苦狀態，就在他差點徹底崩潰之際，他在病院力尋人類文明藝術的根源、集體的荒誕野蠻行徑、各種文明起滅所遺留下的記憶和神話。就在試圖尋找以上種種關係之時，他重拾自己，他要設計一套獨特的圖書館書本排列方法以展示人類文明發展的過程，他答應了沙

桑要做一場小型的學術講座向世人發表他的見解。

艾比的排書方法並不以作者或科目的字母順序、或年份先後而排，卻是由他所認為連繫東西文化的線索為根據。他如砌馬賽克般把他獨特的世界觀逐步呈現出來：例如文學書籍與地理書籍放在一起；哲學書籍是跟占星術、神秘學、宗教書籍為鄰。可惜現今漢堡屋內的藏書已沒法再呈現當年艾比獨特的思維方法。現藏的書大部分是由華克教授用研究基金所購置。教授年屆七十，滿頭蒼蒼白髮，對於我不是唸藝術史出身不禁面露失望，卻仍興致勃勃跟我講解一切。看不到排書的方法，教授卻示意我留意進華堡屋後門楣上 Mnhmoeynh 一字。艾比要向希臘記憶女神——繆思之母——致敬。館內不單藏有艾比個人對藏書的美好回憶，亦有書本本身，在書與書之間也藏了人類對自身、社會、族群以至對文明的幻想、夢想、渴求和對現實的種種記憶。

教授推開圖書館的門讓我看到一座橢圓形設計的圖書館，圓形的前方是給講座活動之用，猶如小劇場的空間，圓形的後方則是放了數層的書架和藏書。館內的天花燈是以中間大圓亮燈與沿着它的小圓燈而成。設計師的靈感來自開普勒軌道（Keplerian Ellipse），

就是行星運行太陽的軌道而建。開普勒是德國天文學家，在1611年發明了折射式望遠鏡，比伽利略更早提出地球非宇宙中心的學說。整座圖書館就是要人在一種神秘又理性的世界觀中追尋學問。

教授跟我講解這一切並領我上四樓的相片資料室參觀。最後他說我可回到圖書館隨意閱讀、拍照、沉思及感受那氣氛。我回到那兒，只有我一個人，窗外看到那引領我來此的小河。我鑽進書叢中，遊走在那高高的書架間，上上落落於各層階梯中，恍如在小巷中散步。當我從書叢中鑽出來回到中間開闊的小劇場時，心中依依，又再鑽回那書叢小巷中，來來回回，仍是不捨離去。也許艾比是對的，進尋知識的路難分始終，軌道上的任何一點也可以是開段，也可以是引我們回來的終點。但回來後又豈會如一？

艾比自小夢想有一座屬於他的圖書館，我能一人獨享這座圖書館的美和靜，哪管一刻也心滿意足。縱然我不懂藝術史、也不諳德語，艾比也讓我體會到「記憶」的感染力。

我離開華堡屋時，蘭曼小姐邀請我在紀念冊上留言，正當下筆一看，在我到訪前的「客人」竟是德國當今哲學泰斗哈本馬士（Habermas）。一問，蘭曼小姐

說哈本馬士一星期前在華堡屋舉行講座。縱然我錯過了，又何妨？我能在大師留言後簽上小小的名字也足夠樂透半輩子了。

聽說位於倫敦的華堡圖書館上鑄有拉丁名言兩則，英譯是：There is no place for idle people. No loitering. (此地不容閒人，嚴禁閒蕩)，以及 There is a sure reward, too, for trusting silence. (信守緘默者必獲酬報)。

我既得到比預期還要多的酬報，定必擁護「閒人免進」守則。書店、圖書館亦然。

寧靜的大學之道

「下馬！」自元朝起所有文武百官，甚至皇上在內，都得在這下馬碑前下馬，徒步走進國子監 —— 中國古代最高學府。國子監的前身可追溯至五帝時的朝廷學校「成均」，到了隋大業年（607年），國子監才正式成為國家最高學府。再待五百年後，元世祖忽必烈在至元四年（1267年）建都北京建設國子監（我們可在北京大都城設計藍圖中清晰看到國子監的所在地）。

這經歷三個朝代的大學學府傲然矗立在北京東城區安定門內，佔地二萬平方米，處於橫貫東西的古老大街中央。京城發展日趨興盛，繁囂逼人，但國子監大街卻保持着一份超然脫俗的靜謐。街道兩旁有綠葉參天的古老槐樹護守着；街的前後兩端都佇立着紅柱石礎、藍底金字的飛簷牌匾，由右至左寫着「國子監」；下馬碑則用上六種文字（滿、漢、蒙、回、托忒、藏）敬告前朝達官貴人下馬（或下轎），步入國子監，或進入廟內祭祀，彷彿在說無論是甚麼族裔也得對先人以畢

生心血累積成的大學之道保持崇敬。古代最高學府是與寺廟並排而建，貫徹「左廟右學」的概念，供奉聖儒孔子廟宇，就在國子監左側，同樣佔地二萬平方米。

作為古代三朝最高的國營教育學府，在這連皇上也得下馬徒步前往尊為「大學」之地，除了培育歷朝文武外，也出過一些視富貴如敝屣、置生死於道外、一心追求真道的名士。國子監院內有一百九十八座元明清三代進士留名碑，包括了清朝禁毒第一人林則徐和主張抗法戰爭、支持變法維新的清末狀元光緒帝師翁同龢。只是他們的正直敢言沒得到賞識，只換來充軍流徙和革職回鄉的落泊收場；相比起同是科舉出身的抗清名將袁崇煥，他們算是給「從輕發落」了。袁的忠貞遠見竟換來凌遲處死的酷刑。

到底是怎樣的教育、甚麼的際遇啟迪能在推崇八股文的科舉制度中陶塑出獨立於天地、壯志不移的名士？是在孔子像前受到薰染感召嗎？還是因在這裏的寧靜氛圍而得以沉澱出澄明的心志？

也許，到過國子監和世界其他著名學府的人也會深深體會到，現在的大學已失去了寧靜。記得吳淑鈿教授曾寫道：「大學應是寺院以外最寧靜的地方。」寺院和大學並置正好象徵着人靈性和知性之間千絲萬縷的

糾葛，在這裏反覆仰止與俯首，期盼實踐自己的信念，可以匡扶正道。

諾貝爾文學獎得主德國的赫爾曼・赫塞（Herman Hesse），他年少時就讀於擁有八百多年歷史、建於1147年、前身是修道院的馬爾布龍（Maulbronn）學院。當年只有十五歲的赫塞受不了學院嚴格清規的生活，也痛恨當時的教育制度，身心靈受盡折磨。他逃學、出走，甚至嘗試自殺，最後被逐出學院，還寫了《車輪下》一書批評當時的學院生活。但到了赫塞半百之齡時，他創作了以馬爾布龍學院為故事背景的不朽名著《納爾齊斯和戈爾特蒙德》（Narcissus and Goldmund）。故事圍繞着中世紀兩位修道人的命運和選擇：一位決意留在虛構的瑪利亞布龍（Mariabronn）修院最終當上了院長，卻過了平平無奇若有所失的一生；另一位則去闖天下，看盡繁華嘗透情愛的甘苦，而在臨終前卻選擇回到修院。他們代表了一個人必須面對的靈慾鬥爭。故事對虛構的瑪利亞布龍修院（Mariabronn）有着細膩的描述。

現實中的馬爾布龍學院是位於亞爾卑斯山以北，德國黑森林內寧靜之地。學院前身是由過着清規苦修生活的本篤會修士所創。當時本篤會一羣有志之士，

看不過天主教教廷的奢華靡爛生活，決定與志同道合的修士過真正的基督徒生活。他們選址的方法，是把兩袋泥土掛在小驢身上，放任牠前行，以牠首次歇息之處為修院會址。就這樣，上主帶領小驢停在此地，而修院學院沿用至今也是小驢背泥的標誌。修院佔地頗大，儼如一座小村莊，因修士要過一種自耕自足的清貧生活。加上本篤會要求修士研讀聖經書籍，進行潛修，修院也得有足夠空間供各人作心靈靜修之地。修院的設計糅合了哥德式尖塔聳天的三角穹頂建築、獨特的圓花窗和羅馬式建築較穩重而圓潤的風格。修院內的信徒領洗池是一座兩層高的噴水石池。修院已在1807年的宗教改革運動中變成基督教的神學院。無論是哪一個宗派，馬爾布龍也以它的學術和學生見稱。除了從未畢業的赫塞外，備受加利略尊崇的天文學家卡佩勒（Johannes Kepler），和與黑格爾齊名的德國文學巨人荷爾德林（Friedrich Hölderlin）也曾就讀於此。自1993年起，這座建築已被列入聯合國世界文化遺產之一。

馬爾布龍帶給赫塞痛苦和靈感，也為他埋下對靈性和寧靜渴求的種籽。他抗拒來自父母輩傳教士家庭的種種要求，獨自跑到印度流浪四個月，如苦行僧一般

坐禪修行。他對自己在二戰後，能以德國作家身份拿到諾貝爾文學獎深感安慰，但卻堅拒到瑞典領獎。他只發表了僅兩頁的簡短聲明，辯說自己抱恙在身，實情卻是他正前往瑞士西部的療養院閉關埋首寫作四個月。在給妻子的信中，他透露對領獎及獎項帶來的喧嘩熱鬧，以及因此帶來的各種注意視線深表討厭。他需要絕對的寧靜去創作。也許，在不知不覺間，赫塞自年少時已秉承了自中世紀本篤會靜默的精神，只因「靜若復命」。

同樣是在歐洲，位於西班牙北部的巴斯克郡（Basque）奧耶提（Oñati）小鎮的聖神大學（Universidad del Sancti Spiritus），同樣令人着迷。它曾是西班牙第三大重點大學，於1540年由蘇氏主教（Rodrigo Mercardo de Zuazola）傾盡畢生財富所建。巴斯克郡以獨立叛逆見稱，它擁有自己獨特的語言和文化。蘇氏出生於奧耶提一個普通家庭，長大後周遊列國，飽讀詩書，最終成為教廷重用的主教和查理士皇上的好友。可幸，蘇氏惦記家鄉也深深明白學問令人開闊眼界。他決意回到出生的小鎮，花了八年時間，費盡心神，捐出所有財產興建一所主修神學、天主教教義、法律和醫學的學府。

奧耶提雖是小鎮，卻風光迷人。Oñati 涵義是坐擁羣山之意，這名字已表明它地勢之優越，除了這古老的大學，大學對面有市政廳、城堡，更有一條媲美劍橋康河的河流，幽幽流過小鎮，以及有聖彌額爾教堂定時為這小鎮送上淳厚深徹的鐘聲。

蘇氏禮聘了當時名震歐洲的石匠 Domingo de la Carrera 和雕刻家 Pierre Picart 為他設計了一所具有西班牙文藝復興時代特色的大學。如果人們到國子監前要下馬，到聖神大學則要下跪了，是全心全靈的跪在真理和造物主面前。聖神大學正門的雕飾採用源自十六世紀中期的獨特銀匠風格（Plateresque）。它擯棄巴洛克時期奪目浮誇的華麗，在石灰岩上直接雕出細緻的人像和裝飾，帶有一種沉鬱拙樸卻又精緻絕倫之感：例如大學正門上真理女神（Veritas）的站立雕像，她伸手觸碰一位背着她下跪修士的右臂，象徵給他力量，而女神和修士均面向創造天地的上主。真理女神是許多西方大學的精神象徵，好像哈佛大學的校訓便是追求真理（Veritas）。說回來，那下跪修士的形象則以蘇氏為藍本，他希望所有學子也能為主、為真理而活。他雖然貴為主教卻沒有把大學發展局限於宗教範疇。要進大學，除了要在真理女神的雕像下走過，也得走過正忙着

工作的克理士大力神（Hercules）的雕像，代表學子應意志堅定地克服求學求真的艱苦。大學正門也有聖奧古斯丁雕像，象徵獨立自省；還有把聖經由希伯來文苦苦譯為拉丁語，再由遙遠的耶路撒冷帶到西方，被尊為聖師和圖書館主保的聖葉理諾（St. Jerome）的雕像，象徵積極促進學術交流。

大學內有拱形長廊、四合庭園、小教堂和在屋頂各處駐守着面貌古怪據稱可辟邪的人頭雕像滴水處。最令人嘖嘖稱奇、讚歎不已的是已經失傳、源自西班牙亞威拉（Avila）地區的精工木雕天花。長廊的平頂鑲板把天花全分為整齊的正方小格，每格層層遞進加深，中央太陽圖案，四角則雕有圓花圖案，有些太陽更寫上字句。小教堂祭壇裝飾（altar piece）則有沿牆邊伸展而上的拱形木雕天花，像是由無數海星幾何圖形而成，連「海星」身上細小如珍珠粒的凹凸也盡現在天花紋理上。木雕天花底部的牆邊則有如扇又如貝殼的精工木雕，紋理既立體又細緻，充滿質感。在建築梯階另一處的天花則分為整齊的長方形，各長方體同樣雕有精緻的小花圖案。整片長方形花卉圖案組成的天花再加上直橫網紋的木雕，每一條網紋也以扭紋形冠以獨特的小花紋「交織」起來，令人真正明白到甚麼是巧奪天工。

就是為了對美、對知識、對宗教的渴求，蘇氏主教拋棄財富權力，成為歷史長河中的藝術贊助者、知識守護者。聖神大學現已成為一所法律研究院，增添了現代化的會議室，以及空調設備的設施，但我還是喜歡站在大學的四合庭園中，聽教堂傳來的鐘聲迴盪於羣山萬壑。

無論是國子監、馬爾布龍或奧耶提，這些古老的學院均反映對靈性、知識和美的執迷，體現了《禮記》所言「大學在郊」的重要性。學院如寺院都應有安謐又深邃的寧靜，讓人反思明悟。以設計現代大學及學術研究院見稱的已故美國建築大師路易康（Louis Kahn）在設計耶魯大學美術館時曾說過，他要人們不單能在他的作品內感受到寧靜，還得聽到寧靜的聲音。而寧靜對康氏來說是無法衡量、來自內心深處的巨大渴求，必須得以彰顯。寧靜與光是他靈感的泉源，而一棟偉大的建築物必須從無可計量的寧靜作為起點。康氏深諳「大音稀聲」的道理，他要建築系的學生表達每顆磚頭要說的話。而他設計的沙克生物研究中心（Salk Institute for Biological Studies），每位研究員的辦公室都面朝太平洋，可聽到浪濤的澎湃；他設計的菲利浦愛斯特學院圖書館（Philips Exeter Academy Library），除了

館內獨特的開孔圓牆設計讓讀者看到每一層的藏書外，中庭還放了一座三角鋼琴。

確實，不少著名的古老大學也是建築在遠離鬧市的大學城內。以出過最多諾貝爾獎得主而名揚天下的德國海德堡大學為例，它的紅磚大學城擁有自己的七孔橋和河流，沒有一點市廛的繁囂。二戰時期，美國毫不留情向擁有六百多年歷史、壯麗無比的科隆大教堂擲下十四枚炸彈，卻對海德堡大學動了憐惜之情。（相傳美軍司令下了轟炸海德堡之命，但曾留學於此著名大學的空軍機師卻違抗旨意。）德國也沒有動過牛津、劍橋大學上的一根草，算以禮相還，對學術聖地予以尊重。為了保持寧靜，牛津和劍橋大學可說自有它們的戒律。兩間大學的火車站也設在大學周邊以外。若要到大學不同學院的宿舍也得再轉公車，或徒步前行。雖然兩所大學每年的遊人絡繹不絕，大部分學院也是閒人免進，不對外開放，若要走過劍橋帝皇學院的草地，或去看看在草地旁刻了「再別康橋」全詩的石塊也得找劍橋師生相伴而行方可。若要在某些學院的草地留連，你可能要成為院士（Fellow）方有資格。到過牛津、劍橋方知要享受寧靜也有學術階級之分。

相對於此，香港不少大學也相形見絀，不是被擠

在鬧市內、商場旁，便是建在火車總站側。難得有機會建新校舍的香港大學竟貪圖方便，讓地鐵公司興建與教學樓有相同高度的大樓，讓師生可直接由車站，坐升降機直達大學心臟地帶。無論新校園的設計多新穎，拿了多少環保設計獎項，對我來說那是新校園的一大敗筆。聽聞，某些教授則認為敗筆在於圖書館離新校舍太遠，要勞煩他們走上十至十五分鐘之路程。他們甚至要求圖書館增設私人速遞服務。其實，在大學校園內走上十分鐘，為求達到圖書館——知識的寶庫，哪又算得上是甚麼？別忘了三朝皇帝也得親自走進國子監，走過那偌大的古老大學校園，再到萬世師表的像前參拜，向著天祈求國泰民安。

下馬！只因到了「大學」，古今中外皆應如此。

You've Got Mail

　　聽聞加拿大溫哥華因缺乏人手當郵差，沒有人送遞郵件，某些社區的居民要自行到社區中心收信。哪將會是一個怎樣的世界？郵差消失了，郵局、郵箱、郵票，甚至郵件也會逐一消失嗎？

　　當郵差確實不是一件樂事，尤其是在炎熱潮濕難耐的香港。他們要穿著整齊的制服，背上重重的郵袋，走遍大街小巷，造訪各座大廈，風雨不改地去送信。我兒時住在一小山丘的山腰和山腳間，有一郵差先生負責送信到我們整個小山丘一帶。我曾看過他大汗淋漓，把他那淺藍色的襯衫制服也染透了，背着那重得把一邊肩膊壓得完全傾斜的深褐大布袋，蹣跚地向着山丘高處前進。我不知道那位郵差叔叔的名字，但我打從心底裏尊稱他為郵差先生。

　　在我整個童年的記憶中也只得他一位郵差先生，大概他做到退休也是負責我們小山丘一區。他有一頭微曲的頭髮，一身給陽光曬得古銅色的皮膚，一副常常

滑到鼻尖的褐色膠框眼鏡，以及永遠也亮着一個輕鬆親切的笑容。他制服的淺藍襯衫總是逃到他海軍深藍色褲管外。

這位郵差對我大廈二十四個單位的每一戶人家都很熟悉，他能喚得出上層的李先生，下層的林太，甚至連我這小孩在等筆友的信，他也知道。他並會笑盈盈地把信給我，跟我說：「你有信。」若碰巧他在我們信箱前派信，他會優先把信遞進我們的手裏，若信件的地址寫得不清楚，甚至有錯漏，只要他認得收件人的名字，信件總會安全到達我們手裏。

最令人費解卻是這位郵差先生的笑容，明明是一件苦事：人工微薄，社會地位不高，日曬雨淋，體力耗費大，他卻看似自得其樂。我們能做的只是在酷暑時，給他一杯涼水，在平常日子跟他寒暄道謝，在過節時給他紅封包。但自從廉政公署成立後，我們沒法用最後的方式來表示欣賞和謝意，這也確實令我們大廈不少住戶苦惱不堪。政府要打老虎卻連小市民在節日對一位盡忠職守的小公務員表達謝意與欣賞的紅封包也扼殺了。最後，我那聰明的媽媽想出送禮餅券給郵差先生，可惜他堅拒接受，說有沒有廉署也沒關係，送信是他份內事。我媽也就為此而失落了一整天，連我家的

傭人也慨嘆連連説郵差先生確實是真正的好人。

　　就這樣，我兒時家裏的信件都是來自這位誠實謙遜的郵差先生。香港現在的郵差已改穿了綠色的襯衫，那是一種深綠併淺綠的配搭，淺如湖水綠，深則如孔雀石的翠綠。某些郵差也可駕同樣是深綠淺綠印上了峰鳥圖案的小房車送信。我也看過德國郵差駕着當地郵政特有的鮮黃色單車送信，車上前後掛着送信用的箱子，而箱子則印上了德國郵政的號角圖案。郵差也是穿著同樣是奪目鮮豔的黃襯衫，那是一種介乎螢光黃與檸檬黃的色調。無疑郵差的工作得已改善，他們的制服也變得時髦醒目。我當然樂見送信的工作不再是一件苦差，但對於色彩鮮豔的制服，我卻略嫌它們突兀彆扭。孔雀綠、螢光檸檬黃一印在制服布料上，頓時變得乾巴巴，誇張礙眼。我還是喜歡那老實低調的淺藍、海軍藍。

　　若這世上再沒有人願意送信，還會有人寫信和寄信嗎？曾經在台北的郵政博物館得悉古人是怎樣傳遞焦急之情：他們會將信放在封套內，再把封套燒焦，以示十萬火急之情；若是更緊急的事情，他們則在封套角端插上羽毛，以示飛速之意。我在博物館能看到的當然只是仿製品。也許，這些全屬古時的浪漫。

現代人有速遞公司、互聯網，有層出不窮的電子社交平台。德國郵政已與速遞公司聯營，那些古老壯麗的郵政大樓都得與別的行業一起共用。而南韓則有全球最快的互聯網連接，有全球最密佈的WiFi連接點，卻沒有多少間郵局。我曾在那城市為了寄一張明信片，四處詢問郵局何在，卻往往被人家反問我：「哪有人還要寄明信片？」也許，只有像台北一樣以標榜溫馨關懷、人情味的城市才會到處是郵局，連大學校園內也有小小的郵局讓人投寄另類的心意。

確實，現今人們傳情達意的方式已大不同，但我還是相信紙筆間有其不可言傳的魔力和魅力。

一位深明此理並加入了此傳情達意的魔法行列，是十九世紀英國小說家安東尼．特洛勒普（Anthony Trollope）。雖然他出生名門，卻不幸適逢家道中落；就讀英國頂尖貴族Harrow學校，卻只是位名校窮小子，常遭白眼及欺凌。到他十九歲時當上倫敦郵局一名小文員，他還是鬱鬱寡歡，渾噩度日，經常遲到，屢犯過失。最後竟是因欠債未還給債主追到他上班的郵局大吵大鬧，促使他自己申請調職到偏遠的愛爾蘭郵局工作。倫敦的主管當然樂於接受，快快把他送走。1841年，他到了愛爾蘭，被派往當郵局一名測量師的

小文員助理。奇蹟的是，當他跟着這測量師在愛爾蘭的鄉郊田野四處奔跑時，他得到重新振作的力量，一改常態，變得積極上進。他自己也當上了郵局的測量師，努力改進愛爾蘭郊區的郵政服務，也在那時他開始了寫作，每天上班前都到書桌寫作一小時。到了1854年，在他三十歲時，他提倡仿效巴黎用郵筒讓人投寄信件，並設計了一種灰藍色的六角形郵筒，被稱為pillar box。那是英國紅色郵筒的前身。郵筒對當時的英國人是奇特的恩物，因他們可不再受郵局人員的「監視」，可把自己的秘密封起來，寄給心中人。特洛勒普的建議被採納，日後他還被派往埃及、印度和澳洲幫助大英帝國在那些地方發展郵政。1866年，他五十一歲了，希望能在事業上再創高峰，升職申請卻被拒絕。他一怒之下，決意放棄日後可得的豐厚退休金，辭職不幹。但這「魔法師」走前竟留下了洋洋灑灑的建議書給他的接班人，闡述如何改革倫敦郵政。特洛勒普可置自己的安穩錢財不顧，可放開工作上的榮辱鬥爭，卻放不開倫敦收信人、寄信人的福祉。他甘願脫下魔法師的長袍，放棄他特有的權利。但哪有魔法師會把魔法的秘訣也拱手讓與他人？只有特洛勒普，一位真正明白傳情達意為何物的魔法師才會這樣做。

把心思寫下來、封上、投寄，那種期盼和等待又非筆墨能形容。我那位快八十歲的舅舅一天無意間告訴我他年少風流時，也曾寫過情信給女孩子。奇妙的是他還記得他收到的第一封回信，那女孩子用英文寫的第一句：「能收到你的信，我心如小鳥般欣喜……」那真是情真意切、坦白直率的少女情懷。雖然那女孩沒成為我的舅母，舅舅也沒透露到底他寫了甚麼給那位可愛的女孩，但單憑我舅舅那副沾沾自喜、得意甚歡的笑臉，便知道情信的迷人魔力。

　　關於以上一切，最後我想向大家訴說德國童話作家和畫家耶魯士（Janosch）寫的一則小故事。耶魯士以小老虎和小熊故事系列成名，我要說的是「給小老虎送信」（Post für den Tiger）。小老虎和小熊是要好的朋友，他們同住森林的小屋內。一天小熊要到遠處的河邊釣魚，須待到晚上才回家，滿臉愁容的小老虎就跟牠說：「你離開一整天，只得我一個，可否寫一封信給我？」小熊答應了，也帶上了紙筆墨、信封和郵票。他在河邊釣魚時也寫了信給小老虎，可是沒有小動物願意幫他送信。大家一聽到要送信給老虎便推辭了：鵝小姐，狐狸先生，小鼠，小象……甚至大鼻先生也說不。在小熊苦惱之際，竟然來了一隻穿七色跑鞋的長耳兔，牠

自告奮勇問小熊是不是要送信。小熊當然立即點頭，長耳兔問清詳情後，就如箭般跑到小老虎的家。小老虎為了等小熊的信竟茶飯不思，不做飯、不打掃、不為植物澆水，只躺在地上苦苦等候。當他聽到長耳兔在門外呼喚：「小老虎，有信給你呀！」他馬上躍起，接過信件，歡喜若狂，跳起舞來還唱着：「這是我人生最美麗的一天⋯⋯」小老虎決定明天當他到森林採摘蘑菇時，也會寫信給小熊。小老虎和小熊均感受到寫信和收信的特別喜悅，就決定寫信給鵝嬸嬸。鵝嬸嬸收到信後，萬分歡喜，又想告訴箭豬小姐⋯⋯就這樣，森林的小動物就開始互相寫信問候大家，訴說心事。長耳兔有見及此，就跟別的長耳兔組織了送信的行列，成為郵差。長耳兔們都腳穿七色跑鞋，頭戴粉藍鴨舌帽，脖子掛灰色郵袋。每一位長耳兔郵差也答應了送遞信件務必快速安靜，信守秘密，絕不閱讀信件，也不會向任何動物透露有關信件的絲毫資料。森林的樹上開始掛上了有檸檬黃的小郵箱，方便各動物投寄郵件，長耳兔也不用逐家逐戶收郵件了。森林的小動物實在太喜歡寫信，長耳兔郵差們忙得不可開交，最後連鴿子也加入了送信的行列，負責提供較遠的空郵服務。

　　一天，小老虎又不堪獨處之苦，跟小熊說：「當

我在客廳，你在廚房時，我感到很孤單，很想跟你聊天。」小熊聽後，就把花園澆水用的水管拿來，一頭放在客廳，一頭放到廚房，嘴巴對着水管的小孔説：「小老虎，小老虎，聽到嗎？」那是屋內電話的開端。小老虎和小熊把水管也拉到河邊，以後小熊去釣魚時就不用再寫信，用水管電話聊天好了。大家也可猜想到吧，別的動物也學着牠們這嶄新的溝通方法。地鼠們加入了挖地洞的工程，把管子鋪設在地下裏，就這樣整個森林的小動物也連繫上。地鼠成為森林電話系統的主管。一切是如此美妙。

直到一天，小象忽發奇想，拿起電話跟地鼠接線生説他要跟在非洲老家的象朋友聊天，怎知另一頭只傳來一句：「我們沒有接駁到非洲的服務。」砰！那接線生便自行掛了線。但小象並沒有因這冷冰冰的回覆而心灰意冷。他竟施施然説：「沒關係，事情還不算太壞，我還可寫信到非洲。」

童話的另一頁畫上了一枚郵票，圖案是一隻小信鴿目光堅定，脖子掛上棕色小郵袋在蔚藍的天空悠悠地飛翔。

但願我們的世界也能向默默辛勤的郵差先生們致敬；但願我們無懼科技的洪流，仍能説：沒關係，我還

可寫信，還能收信。

————————

後記：特洛勒普當年升級未果，輸給了一名提倡郵政與
　　　電訊合併的年輕人。在他冥壽200年（2015），
　　　英國皇家郵政卻特地為他出了紀念票，並親切
　　　地稱他為「英國郵筒之祖父」（the grandfather of
　　　the postbox）。

最動人的磚頭

　　一進入這恢宏、莊嚴的約克大教堂內，大家不期然地壓低嗓子，放輕腳步，抬頭細心欣賞那仿石頭木製、不靠支柱撐起的的聳天拱頂，彷彿要把虔敬的禱告匯集到頂尖，然後迸射上天。

　　正當我準備細看教堂內的說明時，舅舅冷不防在我耳邊拋下了一句：「可否告訴我到底有甚麼好看？所有教堂還不是一樣？所有磚頭還不是一個模樣？」

　　「不同，絕對不同！」我嚷着反對，卻結結巴巴說不下去。

　　「有甚麼不同？那年你爸來英國唸書，我也陪他來看這教堂，他看了很久，看得出神，我只看到磚頭。」

　　舅舅自說自話，笑笑也沒等我回答便自顧向前走。我怎跟他解釋呢？難道跟他說約克大教堂是歐洲北部第二大的歌德式建築，擁有自中世紀以來的一百二十八道彩色玻璃窗戶，由二百塊獨立琉璃鑲嵌而成嗎？還是要告訴他教堂的白雲石（magnesium limestone）見證過歷史滄桑，熬過英國內戰及至兩次世界大戰，聽過了八百年皇室貴族、平民百姓的哀禱和詠嘆嗎？如果如此回應他，一定給他當我是瘋子。舅舅年青時獨自到英國闖天下，從快餐店小伙記做到老闆，對食物甚有要求。他在約克農展會（York Festival）看得獎的豬牛羊，看南瓜白菜就看得出神，可憐我卻看得一頭霧水。

算了吧！我本以為可就此作罷，怎知有一天小瑜也跟我說了同樣的話。小瑜是標準文藝青年，在德國半工讀，在台灣唸本科時主修音樂和德國文學，我們曾到德國不少城市小鎮一起遊玩。怎知在某年夏天，我們在紐倫堡的街上閒逛時，小瑜突然說：「也許在德國住久了，所有小鎮在我看來也差不多，還不是同樣的磚頭，同樣的小石路！」

「不會吧！你不是說過巴伐利亞南部的小鎮最美嗎？」

小瑜只聳聳肩，無可無不可地說：「都一樣啦！」

小瑜已長期居住在美麗的慕尼黑，也許天天對着漂亮的景色會令人目盲。即使擁有羅曼蒂克大道和童話之路的德國南部在一個文青眼中也會變得千篇一律，德國還有別的城鎮能打動人心嗎？

在我眼中，德國最獨特的「磚頭」在北方的呂貝克（Lübeck）。那城鎮古老、美麗，有可歌可泣的往事，曾經輝煌顯赫，現又歸於平淡。最了不起的是一個小城竟出了兩名諾貝爾文學家：托馬斯‧曼（Thomas Mann）和君特‧格拉斯（Günter Grass）。托馬斯‧曼1875年在呂貝克出生，十八歲時因父親過世而全家搬到慕尼黑，呂貝克有着他童年成長的快樂和哀痛，他一生對此城又愛又恨。君特‧格拉斯則是六十八歲才落戶這小城，七十二歲時獲得諾貝爾獎，一直在這鎮專心寫作畫畫至終老。

呂貝克的歷史可追溯到公元700年的羅馬時期，全城被天然的護城河環繞着，在十三世紀時是歐洲最富庶的城市，是連接波羅的海的最大港口，在十四世紀被譽為「漢薩同盟的女王」，以造船業和商貿雄霸歐洲，直至哥倫比亞發現了美洲，它的地位才逐漸被取代。

呂貝克有古老的建築，狹窄的小巷和圓潤石卵小路，更有七座尖頂教堂守護此城，教堂的銅鐘朝朝暮暮傳來音韻。但要數呂貝克的地標必定是荷爾斯登城門（Holstentor）。它建於十五世紀，為防禦堡壘之規格，是德國最古老的城門之一。城門氣派不凡 —— 東西兩側有黑色尖頂紅磚圓柱碉樓，連着它們的紅磚牆身共四

層，底層為圓拱形入口，上兩層的走廊通道有圓拱形的窗口，最高的一層有精美的山形牆。正面看，城門宛如兩位帶了黑色尖帽、法力無邊的巫師，他們手牽手張開法袍，閃着法袍上無數對眼睛小心翼翼地偵察敵人，腳踏土地鎮守全城。側面看，城門卻宛如一艘前後揚起黑帆的深褐紅色大船正預備啟航。

單單從美學角度來看，呂貝克的深褐紅磚城牆已與別不同，況且它真的護城有功，且差點在炮火中灰飛湮滅。那是一場冤案。呂貝克在二戰前仍是德國富有的城市，享有獨立自主的地位，議會成員大膽敢言，竟反對納粹黨上場，又禁止希特拉進城。那想到希魔得勢後，懷恨在心決意控制呂貝克的議會，更把曾反對他的議員全部問吊。弔詭的是，在1942年，盟軍決定空襲德國時，其中首選的城市竟包括了呂貝克。兩位守護的「巫師」抗爭到底，城牆挺過二戰盟軍的大轟炸，城池卻淪陷了，每塊磚頭也差不多被翻動過，教堂移平了，銅鐘炸碎了。也許，當年即使已是強弩之末，節節敗退，希魔還是竊竊嘲笑呂貝克的不識時務。

現在呂貝克市內的建築是盡量用原有的深褐紅磚而重建，但不是所有破碎的建築都能重建，沒法真正被重建的有托馬斯‧曼的故居。他出生世家，幾代為政

商名人，父親是議員大商家，娶了巴西裔的妻子。在他眼中，父親嚴厲勤奮，精明能幹；母親熱情不羈，酷愛藝術，兩人性格南轅北轍，爭吵漸多。父親英年早逝，從此也家道中落。托馬斯・曼在他的成名作和諾貝爾得獎小說《布登勃洛克》（Buddenbrooks）有半自傳式的描述。那部長篇小說有四百多個人物，被譽為「德國的紅樓夢」。他花了三年時間寫作，在1901年完成後，出版商曾勸他刪掉一半字數，被他一口拒絕了。書中說的不單只是一個家族繁華和衰落的命運，也反映了德意志民族千古興亡和百年的悲嘆。在1929年時小說已賣出超過一百萬冊。

托馬斯・曼的故居已被戰火摧毀，現在能看到的只是建於其祖父母大宅舊址的一座仿巴洛克時期的博物館：布德布魯克斯屋（Buddenbrooks Haus）。建築正面有洛可可式白色雅致弧線形外牆，屋內用紙模型重塑曼兒時和在「布登勃洛克」書中提到的某些情景。最令人慨嘆也許是讀到他在1901到1928年寫給哥哥海利（Heinrich Mann）的81張明信片，訴說着還是奧匈帝國的生活瑣事。海利也是有名的作家，德國著名電影《藍天使》便是根據他的小說Professor Unrat而改編。兄弟兩人因對第一次世界大戰有不同立場而反目（哥哥海利

反戰，弟弟托馬斯卻支持開戰），後因同時反納粹而修和。他們的書同被納粹黨公開焚毀，兩人被迫流亡海外，客居美國加州，海利最終更客死異鄉。托馬斯·曼因公然反對希魔，早在1933年已被褫奪國籍，被迫流亡瑞士。在1937年亦被波茵大學褫奪榮譽銜頭，1940年他入籍美國，到1953年才回歐洲。但他不忍目睹自己國家分裂，決定旅居瑞士。

1955年，呂貝克頒佈榮譽市民獎給他。一晃半世紀，托馬斯·曼終於重臨兒時舊地。他在致謝詞中訴說童年最快樂的時光都在呂貝克附近的海邊Travemuende度過，又訴說他最不愉快的經歷都是源於父親過分嚴苛的管教。可是，他忘了自己身上流着那奇怪不可解源自家族理性卻敏感的血液。他一直過着極有紀律的生活，每天清晨六時開始寫作到中午，其間獨自一人享用早餐，不發一言，不容任何人打擾，妻子只可把早餐放在書房門前待他享用。他連聽音樂也愛躲進書房，獨自欣賞感受。他小說的人物總是敏感、熱情，甚至常著了魔般迷戀他人以致走上崩潰或自毀之路。

托馬斯·曼的小說從沒提到呂貝克，那城卻令他魂牽夢縈。得獎三個月後，他與世長辭。他們說，他

的心事釋放了，但戰後頹垣敗瓦的呂貝克卻令他徹底心碎。他心裏有說不盡的感傷，既淒涼亦悲壯。他與呂貝克的命運和情感一直緊緊扣在一起。

縱然他熟悉的小石路全被翻動過，那深褐紅磚牆仍藏着他層層疊疊的心事，他知道它們已變得不一樣，它們要訴說另一個故事。

遺情書

七月六日，早上

我的天使，我的一切，蘊藏我內的我[1]：今天只能寫下這寥寥數句，仍然用這鉛筆，是妳曾用過的那支。除了藉着犧牲，除了放下一切渴望，我們還能一直相愛嗎？妳不能完全屬於我，我亦無法完全屬於妳，妳能改變這事實嗎？

※　　※　　※

早安，七月七日

仍在床上，但我的思緒已急於奔向妳，我不朽的戀人，我時喜時悲，等待着命運給予我們答案。我不能沒有妳，但只能與整個的妳在一起。是的，我已決定流浪遠方，直到能奔向妳懷中的一天，直到我們倆找到真正的家……妳的愛把我變為世上最

1　德文原文為 mein ich，直譯為「我的我」。

幸福又最痛苦的人。

　　愛我，從今天到昨天……永遠也別懷疑妳忠實愛人的一顆心。

＊　　＊　　＊

　　L

　　永遠是妳的、永遠是我的、永遠是我們的。[2]

　　兩封情書年份不詳、收信人是誰亦眾說紛紜，只確定寫信人是那位大名鼎鼎、脾氣暴躁、性情剛烈的貝多芬先生。據說他性格奇特古怪，每天喝的咖啡要用六十顆咖啡豆炮製，那味道必定苦澀難嚥；活了五十七個年頭，卻搬了七十多次家，可想而知他必定是個極難相處的租客。也許，天才大多乖僻難纏，這也無礙我們欣賞貝多芬的音樂。他承先啟後帶領音樂從十八世紀的古典時期走向浪漫時期，開拓了音樂新領域，注入了個人思想、哲理和意識。他的交響樂曲宏偉瑰麗、氣勢磅礡，無人能及。第五號交響曲讓人仿似聽到命運咄咄逼人的敲門聲，令人避無可避；第九號交響曲卻帶來無限的光輝，令人彷彿置身於烏托邦平等自由的快

2　兩封情書原文較長，這裏只翻譯了其中一部分。

樂中，令人無所畏懼，變得勇敢自信，邁向光明前路。可憐他在指揮第九號交響曲的演奏時已完全失聰，演奏完畢後，台下傳來如雷的掌聲，聽眾不停呼喊他的名字，他卻全無所知，困於死寂的世界裏，要女高音輕扶他的手臂，示意他轉身，他才如夢初醒。

年輕時，貝多芬曾向友人說當命運找上門時，他將勒住其咽喉，不會被它擊倒。想不到三十出頭，貝多芬已深受耳疾之苦，並寫下那有名的「海立根遺書」（Heiligenstadt Testament）。遺書寫給他兩個弟弟，訴說了情誼，分配了財產，叮囑弟弟要傳授美德而不要只積聚財富給子姪。他道出了自己行為怪異，以及變得孤僻避世的原因，只因他沒法聽清楚別人的說話，又愧於開口請人家重複一遍。更甚，他在字裏行間已透露自行了斷的打算。遺書沒有寄出，靜靜地躺在他的抽屜裏，直至貝多芬死後才被發現，讓人窺見他在那黑暗無助的歲月中所承受的無情苦痛。那是1802年的秋天，貝多芬連第一號交響曲還未完成，他是怎樣獲得勇氣及力量跟命運搏鬥繼續創作，真是天曉得。

命運並沒有輕易放過這位天才。貝多芬一直渴望得到愛情，他二十一歲時，毅然離開老家波恩到維也納闖天下，拜海頓為師，希望能找到名利和愛情。到了

他四十八歲時，他名成利就卻仍未找到愛侶，他在日記中向上帝苦苦哀求：「只有愛情，對，唯有愛情能令我一生幸福。上帝呀，讓我找到她，那位能增強我的美德，那位預許給我的女子。」貝多芬不時在祈禱中提出這渴望。根據貝多芬的姪兒卡爾說，貝多芬有每天兩次禱告的習慣，他一定向上帝提出過無數次愛情的呼求。

奈何，貝多芬一生常陷於單戀和苦戀中。他偏愛年青、貌美的貴族女子，卻往往因自己出身寒微被對方或對方家長拒絕。在當時，作曲家只被視為工匠。即使是公認的天才音樂家，也不及一事無成的貴胄紈袴。但那封沒年份、沒收信人的情書卻似乎暗示了貝多芬終於找到那位跟他相愛的人。那位女子的芳心被打動了嗎？

天曉得，那封信從沒寄出。與「海立根遺書」一樣，是在貝多芬過世後，才被發現躺在他的抽屜裏。沒投寄，也沒被毀掉。那被稱為「不朽戀人」的女子。究竟是誰呢？[3]據研究貝多芬生平的史學家考究，那封沒寄出

3　德語原文為 Unsterbliche Geliebte，英譯則為 Immortal Beloved，這一詞被千古傳誦，並成為有關貝多芬生平電影「Immortal Beloved」(「不朽真情」)的名字。

的情書應是寫於1812年，那年貝多芬四十二歲。那年暑假，他在波希米亞溫泉小鎮Teplitz休養，已經整年沒有創作。他深深愛慕的那位不朽戀人，應是Antonie Brentano，小名東妮（Tonie）的貴族女子。1812年時，她三十三歲，已為成功商人Brentano的妻子，是四名孩子的母親，她的丈夫亦是貝多芬的好友。透過Brentano家族的關係，貝多芬方能如願與文壇巨人哥德會面。

這意味着這次戀愛貝多芬要跨過的不單止是社會階級懸殊的鴻溝，還得面對社會道德的批判，更有他自己良心的責備。他怎能背叛自己忠誠的好友？命運不單止要打擊他，還要考驗他能否言行一致，忠於以美德為首的人生目標。這場考驗也太殘忍，據信中透露，那女子也深愛着貝多芬，可是這戀情為世不容，只能落得「潛別離」的苦況。貝多芬在信中已透露他去意已決，縱然愛，也只能獨自流浪他方。他放下東妮，甚至連情深意切的話也沒寄出，把「不朽戀人」藏於心中，默默承受那永恆的痛。

永恆的還有那首創作於1812年的G大調第10號小提琴奏鳴曲（Sonata for Piano and Violin No. 10 in G Major Op. 96）。音樂史家認為這首奏鳴曲作於那封情書後沒多久。在這之前，貝多芬已十年沒寫過小提琴

奏鳴曲，而《第10號小提琴奏鳴曲》也是他最後一首。

他作此曲是專為當時享負盛名的法國小提琴家羅德（Pierre Rode），以及其好友、學生及贊助人魯道夫大公爵演奏用的。羅德以風格古典的演奏技巧聞名。貝多芬捨棄了華麗激情的風格，全曲也非常靜謐、內斂。有樂評家更認為此曲較像莫札特的風格。貝多芬一改慣例，沒在此曲加上他常用的突強（sf）記號，也沒太多強奏（f）標記。

樂章一開始，小提琴如小鳥啾鳴，鋼琴則如淙淙流水，帶出一種春天幸福而柔美的氣息。流水自山而下，小提琴聲的鳥韻一直相隨。第二樂章是「表情豐富的慢板」（adagio espressivo），輕柔緩慢，哀感纏綿，冷不防而轉入輕快詼諧的第三樂章（scherzo allegro），貝多芬還指明這兩個樂章不能有間斷。最後的樂章是較為人熟悉的稍快小快板（poco allegretto），節奏明快，氣氛歡樂甜美，有如小鳥在迴旋跳舞，卻隱隱然有一個較沉鬱的次主題抒發出來。全曲最終變回愉快的旋律，變奏則在最高音處（G in altissimo; upper G）戛然而止。也在這最後的樂章，我們聽到小提琴和鋼琴已不是輪流為對方伴奏，而是互相追逐，同時對和。推薦欣賞的演奏版本是小提琴家David Oistrakh和鋼琴

家 Lev Oborin 的合奏。他們的演繹內斂而充滿張力,在偏快的節奏時鮮明活潑,技巧凌厲,在較慢節奏時又能令人置身於詩意的浪漫沉思中,全曲拿捏恰當,進退得宜。

也許,貝多芬在失戀時的作品都屬內斂沉鬱。膾炙人口的更有升 C 小調第 14 號鋼琴奏鳴曲《月光》(Piano Sonata No. 14 in C Sharp Minor Op. 27 No. 2 "Mondschein")。這著名的《月光》標題不是來自貝多芬本人,而是由德國詩人及樂評家雷斯塔(Ludwig Rellstab)將此曲的第一樂章形容為小舟隨波蕩漾於瑞士琉森湖上的月光倒影中,因而廣為人知。那時是 1836 年,貝多芬已在 1827 年去世。貝多芬本人稱此曲為「有着幻想曲風格的奏鳴曲」(Sonata Quasi una Fantasia),意味着這是一首別樹一格的奏鳴曲,他要作出突破。樂評家指出全曲叛離了奏鳴曲的傳統,沒有主題,也沒有主旋律,貝多芬亦指明樂章中間不能有間斷。全曲的悲喜是如此相近,更顯其強烈對比。

《月光》作於 1802 年,貝多芬當時三十歲。前一年,他戀上了自己的學生:十六歲的茉莉雅媞女伯爵(Countess Giulietta Guicciardi)。他甚少拿自己的作品教學生,但茉莉雅媞是例外。他們短暫地相愛,

卻因社會身份地位不同，女方家長反對而分開。茱莉雅媞很快就嫁給了貴族作曲家嘉倫伯（Robert von Gallenberg）。貝多芬把《月光》奏鳴曲獻給她 —— 那被稱為可愛又動人的女孩。

全曲共分為三個樂章，雖然是以「激動的急板」（presto agitato），情緒激昂高漲之調結束，最扣人心弦的卻是第一章「持續的慢板」（adagio sostenuto）。第一樂章以慢板展開，一道又一道的弦組曲，如水中漣漪，一圈又一圈地盪開，又像是綿綿不盡的哀愁，沒法訴盡的情意。但著名鋼琴家丹尼爾·巴倫波因（Daniel Barenboim）卻指出，第一章的節奏鋪排是一首葬禮進行曲，旋律與莫札特《唐·璜》歌劇的一段很相似，而那一幕是唐·璜把他愛人的父親刺死了。

無論這首鋼琴奏鳴曲的演繹應是如詩如畫像月光，還是莊嚴沉痛如葬禮進行曲，推薦聆聽的版本是克勞迪奧·阿勞（Claudio Arrau）的彈奏，在 YouTube 可欣賞到。他的第一樂章比一般演奏緩慢，主調子縈迴往復，凝聚了一種無可言語的沉穩力量。那厚實豐富的音色，帶着魔幻的穿透力，隱藏着無語的哀愁，將一道一道緊鎖的心扉一扇一扇打開，彷彿是在靜聽宇宙向您坦露古老優雅的心曲。全曲約十六分鐘，阿勞在彈

奏第一章的慢板時，汗珠已不禁在他臉上一一冒出，奏畢整曲後已汗流滿面，他用了如此巨大的心力去將一部曠世傑作傳誦開去。

貝多芬確實為茱莉雅媞傷心欲絕，在1801年寫給好友的信中，他直言：「……我首次感到婚姻可帶來的幸福。可惜，我不屬於她的階層。如今，我根本不能迎娶她 —— 我必須繼續盡力過自己的生活。」奈何，貝多芬的耳疾也在1801年和1802年間惡化。受到雙重打擊下，他寫下上文提到的遺書。幸好，貝多芬熬過了那段歲月，振作起來。十年後（1812年），他終於遇上了一輩子的不朽戀人，但這次他連提及那人的名字也不能，亦不敢貿然把任何樂曲獻給她。

1812年，貝多芬在自己的日記寫到：「交託，完完全全交託給命運，唯有這才能成全這犧牲……上主啊，賜我力量去戰勝 —— 我自己！」你能想像那是出於貝多芬，那位曾豪情壯志地說要控扼命運咽喉的人嗎？為了至愛，他跟命運妥協了，馴服了。

直至1816年，貝多芬仍懷念着「不朽戀人」東妮。他在寫給舊學生里士（Ries）的妻子一信中道：「很可惜，我並沒有妻子。我曾經遇到那『唯一的一位』，但我毫無疑問將『永遠也得不到』。」

同年，在日記中，他亦寫道：

關於 T，除了交給上帝，別無他法。永遠也不要置身於因軟弱而會犯錯的境地；就把一切都交託祂，也只能交予祂，全知的上帝！

縱然如此，盡量對 T 好，她的忠誠值得永遠銘念不忘，遺憾的只是所有的回報也與你無關。

貝多芬對於東妮的愛是一種遙遙冥念的守護。他在 1823 年寫下《不朽戀人》，十一年後才把自己的作品獻給她。那是《狄亞貝里變奏曲》（33 Variations on a Waltz by Anton Diabelli, Op.120），貝多芬最後一首鋼琴作品。

作品源於維也納出版商兼作曲家狄亞貝里在 1819 年的邀請，希望在奧匈帝國的作曲家各自以狄亞貝里創作的圓舞曲為主題寫一兩道變奏曲，最後他會將大家的作品結集出版，義賣籌款，以幫助受戰火蹂躪的人。結果有五十一位作曲家參與，包括了舒伯特和當年只有十一歲的李斯特。貝多芬本人就寫下了三十三段變奏曲。最後狄亞貝里決定將貝多芬的變奏曲單獨出版為「祖國藝術之友協會員第一部」，而其餘作曲家合成作品則為第二部。

貝多芬並不把自己的作品視為單純的變奏曲（Variatonen）。他稱之為「變化曲」（Veranderungen），意味着每首樂曲中將別出新姿。（卡夫卡的名作《變形記》，其德文原文是 Die Verwandlung，英譯是 Metamorphosis，我們可想到那詞所含的蛻變。）亦有可能貝多芬想向巴哈致敬，因巴哈在《哥德堡變奏曲》也用了德語「演變」為標題（Aria mit 30 Veranderungen）。

貝多芬曾説過，他在這套變奏曲中用上了畢生所學的鋼琴技巧。三十三首變奏曲，每一首的結構都大不相同：第一首是進行曲、第三十三首則是圓舞曲，中間第二十二首還引用了莫札特歌劇《唐‧璜》中的詠嘆曲《日日夜都要工作》（Notte e giorno faticar）！整體旋律不以優美取勝。樂評家認為此曲的風格更像二十世紀的作品，富有強烈的電影感，豐富多變。

貝多芬花了四年時間，斷斷續續把樂曲完成，最後獻給了東妮。三十三重變奏，卻是一往情深。它不是寫於熱戀之中，也不是在失戀之後，而是在晚年悠悠戀念的漫蕩，東妮成為了他最深沉美麗的回憶。

此曲完成後四年，貝多芬在 1827 年五十七歲之齡與世長辭。貝多芬性格孤僻乖戾，卻有二萬多人出席

他的葬禮，那等同於當時維也納差不多十分一的人口。命運巧妙地安排，由劇作家格蘭栢西（Grillparzer）寫悼詞。貝多芬曾答應為格蘭栢西寫歌劇，可惜還未動筆就去世了。格蘭栢西年少時已認識貝多芬，他們第一次會面是在海立根——就是貝多芬寫下那封沉痛遺書的地方。想不到貝多芬真的要離去時，格蘭栢西也在。

格蘭栢西長長的悼文中有一句：

他仍是形單隻影，因他找不到另一個自己。

格蘭栢西並不知道貝多芬曾經找到他那位「蘊藏我內的我」，只是命運要他甘心，又不甘心地放手，把她和他，留給了我們，留給了永恆。

聲無哀樂

　　1756年，在寒冷的一月，一名男嬰在薩爾斯堡一名宮廷樂師的家裏出世。他將成就他父親對他的期望，成為一位出色的樂師，不單止出色，他是人類文明有史以來一位偉大的音樂家。他創作的音樂總是充滿陽光，令人對生命滿懷希望。二百多年後的科學家還證實了他的音樂能令植物長得更茂盛，乳牛生產更多牛奶，連懷孕的母親所生的小孩也會格外聰明。他就是大名鼎鼎的莫札特（Johannes Chrysostomus Wolfgangus Theophilus Mozart）。沒騙你的，他原本的名字根本沒有大部分人以為，甚至連音樂會場刊上也印着的亞曼第斯（Amadeus）。

　　大家對他也許誤會太多，尤其是看了荷李活寫他生平故事的那套電影（Amadeus）後，以為他只是一名長不大的天才兒童，最終負債纍纍，貧病而死。事實上，我也得承認我對他的誤會也不淺。我當然知道他是上帝給予人類一份獨特的禮物：他五歲時不單能演奏

曲目,更能作曲;十歲時已走遍了八個國家、七十五個城鎮,獲得無數王子和公主貴族的讚賞;十二歲就寫了首齣歌劇。就是因為鋒芒太露才被迫回到薩爾斯堡那小鎮暫時定居下來。我曾以為他的音樂就只是永遠的悅耳,總會給人們帶來一種新鮮感,一種全新而獨特的清新愉快感覺,把幸福灑滿人間,無論小孩或老人也能聽到、看到、觸碰到那每一粒音符所遞送的愉悅。哲學巨人海格爾對莫札特的音樂推崇備至,認為他的音樂代表了古典世界的完美、至美及永恆性。他的音樂超越了個人狹窄的哀樂,超出了自我個性的展演。現代彈奏莫札特的表表者有日籍鋼琴家內田光子,她的演繹自然流暢,又纖細分明一如自身的呼吸;亦有德國小提琴皇后之稱的 Anne-Sophie Mutter,她的演繹恰似她愛穿的魚尾長裙,永遠亮麗動人。她的音樂永遠陽光滿地,明麗大方。但誰又聽得出美麗背後深深隱藏的哀愁?

1777 年,二十一歲的莫札特再受不了被困於自己出生的小城。那兒機會不多,連去維也納也得拿簽證,根本不被當作奧地利王國的一部分。莫札特跟位高權重的大主教 Archbishop Colloredo 大吵一場後,終於如願以償被解僱了。年少的他根本不想只成為某一

皇室人員或某一主教的御用樂師，亦不想屬於任何機構單位，他受了當時啟蒙運動（Enlightenment）的影響想做一名自由創作人。他深信自己的能力，決意出外闖天下。

　　他的父親對他的決定卻有極大的保留。最終是父親和姊姊留在薩爾斯堡，而母親則陪伴莫札特上路。他們先到了德國的 Mannheim，卻處處碰着釘子。莫札特毅然決定繼續前往巴黎再碰碰運氣，他的母親不幸在路上患病並客死異鄉。母親彌留之際，只有莫札特一個親人在旁，而莫札特在寫給好友 Abbé Bullinger 的信中說道他看到病重的母親，如同快將熄滅的燭光令他恐懼莫名。縱然他曾對死亡充滿好奇和幻想，卻萬料不到自己首次並獨自面對死亡的經驗是來自至愛的母親。莫札特沒法把死訊直接告知父親，而得靠好友先轉達。1778 年的夏天把莫札特拖進幽黑的深淵，他從沒料到自己的音樂會受到冷待，而更萬料不及的是他竟是獨自一人悲傷地重回薩爾斯堡的家。在那時期，他寫了《A 小調鋼琴奏鳴曲》（Mozart: Piano Sonata No. 8 in A Minor, K310 CK. 300d）。我們沒法確切知道那是母親患病的作品，還是在母親去世後寫的曲目，只知道莫札特一共寫了十八首鋼琴奏鳴曲，只有兩首是以小調創作，

其餘以大調創作的鋼琴奏鳴曲贏得了「神采奕奕、活力無窮、濃濃的幸福感」的美譽。以小調創作曲目在那時並不流行，也與當時流行的美感格格不入，因它帶有較強的個人色彩及較憂鬱的氣質。單聽顧爾德（Glenn Gould）的演繹便令人感到那突然襲來的莫大哀愁。顧爾德的錄音比一般版本更濃縮，少了差不多十分鐘，全曲只有大概十二分鐘。

　　一開始的快板 Allegro Maestoso，節奏緊湊是一陣急風狂雨猛打在窗前的景象，打在趕路的馬車上，令人喘不過氣，令人躲避不及，但這急狂的爆發後迎來的卻是一串串較安靜的行板 Andante Cantabile Con Espressione。初聽時是如此輕柔，像生活又重拾了安穩，彷彿那熟悉而樂觀的莫札特又回來了，再細聽卻又不然，那陰霾仍在，它黑壓壓地籠罩着。整個行板是遊走於大調和小調間，時而輕快，時而沉鬱，是深一腳、淺一腳的走着，是對抗着哀愁，努力試圖讓陽光進來，卻又勉強不來。像一個人躲起來，細數回憶，時而淌淚、時而歡笑。最後第三部分是以 Presto 急板完結，是用激昂的鬥志把一切烏雲撥開。對於自己母親的離開，莫札特曾寫道：「誰又能跟上主的意旨對抗呢？我們只能為她禱告，把我們的心思轉移在別的事情

上，凡事皆有它們的定律。」

莫札特試圖努力地安撫自己，而他在 A 小調的行板展現的個人風格更影響了浪漫時期的作品：蕭邦的夜曲 Nocturne、布拉姆斯的間奏曲 Intermezzi 和蕭伯納的即興曲 Impromptus。莫札特卻比自己的時期跑得太快，他的父親曾勸籲他別故作新穎寫那些深不可測的調子，因聽眾根本不懂欣賞，而樂師也未能掌握新的演繹技巧。為了市場的需要和迎合聽眾的口味，莫札特唯有聽從。喪母後，他再回到自己出生的小城，再次請求大主教聘用他。直到 1781 年，他實在沒法再呆下去，再次請辭。這次他決意到維也納開拓他的天地，從此再沒回到薩爾斯堡。

那次的離去是正確的，1782 年到 1785 年是莫札特一生最快樂的日子。他在 1782 年，不顧父親的反對決意跟女高音 Constanze Weber 結婚。他成功地為自己開音樂會，吸引了貴族和新興的資產階級。他的反叛為他帶來前所未有的自由和獨立。這一切到了 1786 年底才暫告一段落。莫札特因音樂會的門票銷情欠佳竟要取消自己的演出。那時奧地利正準備跟土耳其開戰，法國大革命更逼在眉睫，社會經濟陷入緊張的局面，而莫札特蠢蠢欲試的個人小調風格亦不受歡迎。他滿以

為可帶領聽眾的口味，事實卻並非如此。

那個時期他的作品有鋼琴協奏曲C小調（Piano Concerto No. 24 in C Minor, KV491），聽猶太裔鋼琴家海斯基 Clara Haskil 在 1957 年的現場錄音尤為傳神。海斯基本人歷盡滄桑，經歷了兩次世界大戰，自小患了脊骨硬化，終身與病魔搏鬥，而且自己的演奏生涯也只得僅僅十年。整首協奏曲以雄宏澎湃的弦樂開始，兩分多鐘後琴聲才響起。樂團不是來襯托琴聲，它們是來一場對答。弦樂聲往往帶出緊張焦慮、山雨欲來前的不安和煩躁感，琴聲則依然固我，嘹亮動人，像是山中流出的清泉，不管風雨如何招搖，它還是時而緩慢時而輕快，一直向着心中已定的方向幽幽地淌流開去。縱然這首曲目獲得現代樂評家的讚賞，認為那是將熱熾的哀怨與溫柔的苦盼融合一起，奈何那時卻不被接受。

1786 年的音樂會門票乏人問津，被迫取消，壞消息接踵而來，莫札特的父親在春天過世了。自從他一意孤行，發誓為自己爭取自由戀愛、自己選擇婚姻對象後，莫札特便再沒有與父親見面。縱然父子倆書信未曾真正中斷過，他們並沒有真正的修和。莫札特小時曾說過，若然一天父親老了就要把父親放進玻璃瓶，好能讓他一直帶父親上路。他遺下的七百多封文件和

一百一十四封尚存的書信，大部分也是寫給父親的。就算在他們鬧翻後，莫札特的父親只要六個星期沒有收到兒子的信，便會向自己的女兒大發雷霆，要她打探莫札特的消息。而莫札特亦把父親的名字給予自己的長子（可憐那孩子只活了數個月）。父親晚年患病，莫札特寫信安慰，留下了不朽名句：「死亡乃是我們存活真實的目標，我們最好和最真誠的朋友：為我們打開通往真正幸福大門的鑰匙。」

莫札特的父親常常打聽自己兒子的演奏是否成功。又親自查看他的曲目。到了後期，他已不再作出任何批點，因他得知海頓（Haydn）稱讚莫札特為當時最偉大的音樂家。這一切，莫札特也沒法知道。他只知道父親一直沒有寬恕他，父親竟然把大部分家產分給了已出嫁的姊姊，而姊姊也沒有原諒他對父親的不孝，她只委託友人把父親的死訊告訴莫札特。我們只知道莫札特並沒有趕赴薩爾斯堡奔喪，而是與姊姊為父親的死訊和遺產事宜展開連場筆戰。莫札特沒法明白父親的專制和遺憾；父親也沒法明白兒子是如斯渴望得到他的愛和接納。

那時莫札特寫了絃樂五重奏G小調（The String Quintet No. 4 in G Minor, K516）。莫札特甚少用那較沉

鬱的G小調作曲，而在當時也不是受歡迎的調子。樂章完成後，出版商只願意付上四多克（Ducat；相等於不夠兩英鎊）的稿費。莫札特深感屈辱，不為五斗米折腰，寧願不賣。

這首G小調的絃樂五重奏確不是一首悅耳動聽的樂章，因莫札特道出了他人生的喜怒哀樂，以至恐懼和沒法言傳的盼望。樂章開始的快板，急速詭異的像一步一步把人推向一座深不可測的森林，心情急得亂竄。樂聲一邊在提高，一邊卻在下沉，還加以停頓，像一邊苦苦追問，一邊卻應不上來，一切的言詞苦衷都哽在咽喉，一切的追問也是徒然。全首樂曲也極為罕有地用上了兩段柔和慢板Adagio，調子憂傷而夾着溫柔和不安，像人不斷徘徊於種種記憶的思緒中。現代樂評家曾讚譽那是一顆寂寞的靈魂在曠野中苦苦地、絕望地祈禱。那靈魂孤獨無援，在群山中飲泣着、呼喊着。單就一節柔和慢板並不能讓他說盡心中的徬徨和悲傷、無助和絕望，以及心底的淒涼和僅存的一絲盼望。柴可夫斯基深受這樂章影響，曾說沒有人比莫札特更懂得用音樂如此細膩地表達人生中必須獨自承受，而又無法得到安慰的哀愁。柴氏的愁苦是一傾而瀉，莫札特的哀慟卻是內斂克制。（錄音版可聽 Le Quatuor Talich。）那

兩段柔和慢板恍恍惚惚帶着我們到了無人之境，聯繫着那種茫然而有所錯置的愛恨。

父親死後，莫札特的生活雪上加霜。1790年，給他大力贊助的約瑟皇二世不幸辭世，而繼位人理奧普二世則鼓吹皇室節儉之風，對音樂也不大感興趣。莫札特跌進人生的谷底，常常陷於抑鬱的狀態，不能自拔。他在1790年感到自己江郎才盡，一首樂曲也寫不出，靠借貸度日。1791年的一月，莫札特終於厭倦了不事創作的日子，竟神奇的重燃創作的熱情，在短短的十個月，完成兩齣歌劇和一首安魂曲。這包括了「魔笛」，那是他用德語作曲，不用當時高尚的意大利語為歌劇的藍本。「魔笛」是寫給普羅大眾，歌頌自由戀愛、寬恕、仁愛、平等，反對復仇的歌劇。「魔笛」受到前所未有的歡迎，但這時莫札特的健康卻急劇走向下坡。

1791年的夏天，如傳聞中，莫札特收到一神秘人的禮聘，為某人作一首安魂曲，酬金任由他定而條件是不能寫上他的名字，也不能告訴任何人是他作的。莫札特答應了。雖說是神秘的邀請，大概莫札特知道那是來自威瑟安伯爵（Count Walsegg）的主意，因那時的音樂圈已知道伯爵喜聘用不同的「幽靈樂師」作曲，卻用自己的名字開私人音樂會娛樂賓客。

莫札特十月開始寫安魂曲，十一月卻病重，他精神不穩，身體腫脹，難以行動，受盡折磨，常常以為有人毒害他，並向妻子說過多次，他深知命運安排了他為自己即將離世而寫下這章最後的作品，安魂曲將是他寫給自己的絕唱。

　　安魂曲開端緩慢莊嚴，隨後男聲女聲才徐徐和着出場（錄音版可聽 Requiem in D Minor K626, Sergiu Celibidache and Munchner Philharmoniker）。首三章樂曲的音調跌宕起伏，鏗鏘有力，後兩章較溫婉平和，只因前部分是莫札特寫的，後兩部分是莫札特的學生 Franz Xaver Süssmayr 按臨終時莫札特的指示而後加的。首三章的音樂充滿張力，努力把人們從地獄深淵帶領上天堂，路程充滿了對自身的反省，祈求寬恕、憐憫，最終得到安慰和安寧。這反映出莫札特未完成的樂曲最終回歸了他一生認為最美妙的天籟中，也讓他重回真正信仰的懷抱。莫札特一生鄙視教廷的虛偽，自己心底卻是虔誠的。他在信中流露了對上主慈悲的信任；他在臨終時也拒絕了神父為他悔罪，因他深信他可直接到上主前尋求寬恕；在他叛逆之年，一意孤行誓要娶愛人為妻，他作給懷孕時愛妻 Constanze 的訂情信物是非賣品彌撒曲 C 小調（Messer C Minor）。

1791年，在白雪紛飛的十二月，莫札特因為嚴重的腎衰竭和類風濕發熱而病逝，享年三十五歲。他最後的遺言是：告訴學生 Süssmayr 如何完成安魂曲，並喃喃向愛妻要求寬恕，因他沒法再盡丈夫和父親的責任。

　　莫札特一生作了二十五齣歌劇和無數的樂曲，大部分的樂曲也帶給人們歡欣愉快，令人精神抖擻。他可謹守當時美學的傳統，音律要平衡對稱、和諧優雅；他亦可把生活提煉成音樂，用音韻旋律娓娓細訴人生歡愉背後深邃莫名的痛楚和愁哀。

　　按照當時維也納平民安葬的禮儀，莫札特只是與他人合葬，沒有墓碑，更沒有墓誌銘。我們沒法找到莫札特的墓，只能一次一次細聽他的音樂，亞曼第斯‧莫札特的音樂。

　　不錯，是真正的亞曼第斯。他自己在結婚證書簽上了新的名字 Wolfgang Amade Mozart。他得不到父親的祝福，也拿不到在父親手上出生領洗證明，把心一橫，為自己起了新的名字：亞當。拉丁文就是 Amadeus。他日後不同階段就用 Amade 或 Amadeus 簽署文件和自己的作品。他成了原人，眾人之父。藉着他，我們曾經到過樂園，也被逐出樂園；嘗過快樂，也

嘗過愁苦。無論如何，跟他一起，我們選擇了樂觀優
雅地前行。

　　只因他是唯一的莫札特。

———————

參考資料

Maynard Solomon, "Mozart: A Life" (London: Hutchison
1995).

"In Search of Mozart", A Film by Phil Grabsky.

最美

老牌化妝品Helena Rubenstein創辦人羅賓士坦女士的名言的是：「世上沒有醜女人，只有懶惰的女人。」她根本不明白這世上有很多東西不是單憑努力就能達到目標的。以我這個不幸有過敏體質的人來說，不要說塗化妝品只會令我的皮膚愈變愈糟，連護髮素我至今也還未找到一種能令我的頭髮和皮膚安然無恙的品牌。別無他法，我唯有以素顏和乾巴巴的髮絲示人。不化妝會被誤會為沒禮貌，不懂社交禮儀，也令人容易看上去像沒精打采。我為此曾被女同事好言相勸了好幾回，在那些時候真羨慕能當男生。

所以對我來說，更有力的名言莫過於「最美的妝容是人的笑容」。那是出自我中學老師的口。大概那位教中文的男老師看不過我們同學中有的偷偷塗了口紅，畫了眉毛來上學，終於在一次上課時拋下了這一句。同學聽後當然不以為然，老師最終則放下教鞭去當神父，但我卻把那句話牢牢記在心上。

最美的妝容，最美的笑容，談何容易，最後還不是要苦心經營。那些明星名模不是都刻意練習抿嘴笑、唰嘴笑、露齒笑的技巧嗎？據聞空中服務員是要咬着筷子學習只露出六至八夥牙齒的完美笑容。原來所謂親切甜美的笑容大都是苦心經營的商業製成品。我也對着鏡子，提起面部肌肉，彎起嘴角，露出特定數目的牙齒，笑。當我快厭倦追求練習那完美的笑容時，我竟看到一種意想不到令人久久不能忘懷的笑容。

我每天上班下班坐的公車都經過薄扶林道的心光盲人學校。一天，我在公車上看到兩個失明的學生一前一後的走過馬路，前的那位拿着白色拐杖，後的那位把手搭在前者的肩膀。他們安靜的走着，沒有交談，但他們兩人的臉上也泛着笑意。他們的眼睛是閉着的，漆黑的，但那笑容卻燦爛無比，把他們兩人的面容也燃亮起來。俗語有云：眼睛是靈魂之窗，那刻我卻意識到笑容才是靈魂的所在。他們笑得如此悠然自得，滿心歡愉，根本沒理會有沒有旁人在觀看。他們閃亮的笑容深深烙印在我腦海中，可是我再沒有遇見他們，也沒法複製這種笑容。

我渴望能再次遇見那種和煦明亮的笑容，但如同生命很多事情，那變得只是可遇而不可求，直到一天，

我有幸參加辻井伸行的鋼琴演奏會。辻井伸行是蜚聲國際的日本音樂家，1988 年出生，自小罹患小眼球症導致完全失明。他八個月大的時候，母親留意到他小小的雙腳竟可跟着蕭邦的音樂節奏而擺動。又在他兩歲時，母親買了一副玩具鋼琴給他，當母親唱起《仙樂飄飄處處聞》（Sound of Music）電影歌曲 Do Ri Mi 時，他竟可用玩具鋼琴叮叮噹噹為母親即興伴奏，奏畢還興高采烈地雙手拍打那具小鋼琴。[1]他的母親知道兒子非等閒輩，自他四歲起便安排兒子跟名師學習音樂。他十二歲時在東京三多利音樂廳開獨奏會；十六歲時獲得第十五屆蕭邦國際大賽評審特別獎；二十歲時則成為了第一位獲得被譽為世界難度最高的三大鋼琴賽之一范克萊本鋼琴大賽（Van Chiburn International Piano Competition）冠軍的日本鋼琴家。

辻井伸行在香港演奏的曲目包括了蕭邦第二號鋼琴協奏曲 F 小調，OP.21。他的演奏固然精彩，但也不及他在演奏前座談會上說的一席話發人深省。辻井伸行是個身材矮小而略胖的小伙子，談不上是位帥哥。他說話時卻永遠在微笑，圓嘟嘟的面頰泛着淺淺的酒

1　片段可在 YOUTUBE 觀看 https://youtu.be/KKDdK7LucXA。

窩，頭顱微微向上，得意洋洋不時兩邊擺動，雙手也喜歡高高低低的搖晃，彷彿要把內心沒法說出的感覺一一展現在人前。對辻井伸行來說，鋼琴就是他身體一部分，他沒法想像沒有鋼琴和沒有音樂的日子。縱使他父親曾經擔心當鋼琴家並不適合兒子，縱使他自己也曾懷疑過自己的能力，但自從他十歲時在跟明眼人一起比拼的鋼琴比賽中奪冠，其後又開了演奏會後，他便沒有再往後看。當有人問及他怎麼能跟指揮和樂隊合作時，他說他是靠指揮的呼吸和感應周遭的環境來配合他們。他很希望大家把他看作是一名出色的鋼琴家，而不是一位盲人鋼琴家。他猶記得自己母親從小就盡量把他當作是正常的小孩教養，包括帶他到博物館看畫展，跟他訴說畫中的顏色和構圖。這真是不可思議的舉動：帶一位全沒看過世界、也沒法看到世界的小孩去看畫展？怎樣向他解釋顏色呢？紅色是身體流動着的血液，自心房嘭嘭然地送出；綠色是雨後草原的氣味，清新而略帶腥羶味；藍色是夏日山溪中流動的小河，涼快怡人；黃色是秋日下午的陽光照在身上，散發陣陣夢幻的暖意；黑色呢？它能吸收光線，如宇宙的黑洞，神秘而引人遐思。那是辻井伸行的世界，大概是他最熟悉的顏色，濃重而充滿幻

想，綻放着音樂的異彩。

　　辻井伸行並不是畫家，但卻能用音符把著名畫展活靈活現地展現在人前。這尤以他彈奏俄國作曲家穆索爾斯基（Modest Mussorgsky, 1839 - 1885）的鋼琴組曲《圖畫展覽會》（Pictures at Exhibition）最教人動容。組曲是穆索爾斯基為了紀念他英年早逝的建築師朋友哈特曼（Viktor Hartmann）而作的。靈感來自哈特曼在國外旅行的水彩畫，包括他遊歷了俄國本地、波蘭、法國、意大利和烏克蘭等地的描繪。組曲分十二段，分別為漫步、侏儒、古堡、杜樂利花園、牛車、蛋中小雞、窮富猶太人、市集、地下墓穴、用古老的語言與死者對話、女巫的小屋和基輔城門樓。其中以「漫步」為主旋律穿梭於十一個主題之間，它亦擔當了引領參觀者的角色，帶着他們參觀了十個不同的展館，而由始至終伴着他們的藝術之旅。「漫步」的音調和節奏緩慢而沉鬱，卻又帶着空靈的感覺，彷彿要叫參觀者駐足凝視即將展現在眼前的畫作。至於如何欣賞那些作品，這位導賞員欲言又止。組曲的靈感源自畫作，哈特曼用畫筆顏料把民間生活的種種展現出來，穆索爾斯基則用音符呈現這些景象。《圖畫展覽會》原曲為鋼琴組曲卻不大為人知曉，直到快過了半個世紀，在1922年法國作

曲家拉威爾把它改為管絃樂版演出才吸引更多聽眾。辻井伸行的鋼琴獨奏把這一切反璞歸真，他沒法看到任何畫作，只能用心領會，再把《圖畫展覽會》用琴音訴說給知音人聽。哈特曼的畫作已遺失了，但辻井伸行卻用音樂把畫面重現人間。

辻井伸行用音符娓娓道來這次旅程的所見所聞，讓我們感受到音樂所描繪現實生活中的種種細碎：緊張而怪誕的音樂來表達侏儒怪異艱難的步履及其內心複雜的世界；沉重又陰森的音樂來描述「墓穴」景象；莊嚴宏偉的音樂來表達雄偉的「基輔城門樓」。但誰又聽到這最後的樂章是在諷刺基輔城的慶祝呢？當年（1866年）沙皇險被刺殺，基輔城為表忠貞建了大樓慶賀沙皇避過一劫，哈特曼原本的畫作把支撐大樓穹形城門的支柱畫得像快要倒下來，意在批判沙皇統治無道和基輔城的阿諛奉承，富麗堂皇的樂曲背後埋下了黑暗腐敗。辻井伸行的音樂在描寫景物而能解脫景物，把生活的片段濾過了，思緒沉澱下來，情感卻昇華了。

辻井伸行沒法看見世界，世界卻看到了他──包括他那獨一無二彷彿時時刻刻也在綻放笑意的臉容。他說話時固然是天真熱誠地笑，演奏時則是物我兩忘從容地笑，唯一沒法笑的時候是他為日本311地震及海嘯

而作的輓歌，[2] 他一邊彈奏，一邊垂淚。整首樂曲的旋律簡單清澈，卻承載了他無比的哀思和愛念，訴説了愁緒卻揮之不去，縈繞在空中，令聽者無不動容，感到陣陣揪心之痛，那是對人世間疾苦的痛，人類面對大自然和命運無情的痛。他沒有像以往趾高氣揚，把頭昂起兩邊擺動如同雷射燈掃射四周，而是把頭一直垂下，垂得很低很低，把悲痛緊緊地壓着，琴音夾雜着他的飲泣聲，斷斷續續，他任由淚水泫泫落下，無力揩拭。

那刻我方知涕淚交流在一個人的身上也是動人的。以往，我只希望一天我在愛人面前流淚時能像電影的女主角：兩淚汪汪，眼眶通紅，鼻尖微紅，而不是像現實中狼狽不堪嗚嗚咽咽，哭得説不出話來。辻井伸行竟讓我一個明眼人知道，只有琴藝要苦心鑽研，笑與哭、生與死但求純然全情的投入才是最美。

現在，當我對着鏡子，與自己雙眼對望時，不禁莞爾一笑。

---

2 "Elegy for the Victims of the Tsunami of March 11, 2011 in Japan" at Carnegie Hall, https://www.youtube.com/watch?v=LqoV4ZW7xTA

雪日

　　1982年，香港，初中，我寄出了第一封信到那遙遠陌生的國度，向一位素未謀面的陌生人說：我來自香港，一個四面環海的小島。這兒四季和暖，冬天從不會跌至零度。我從沒見過雪，也沒踏出過這小島。比我年長一年零一天的馬克收到那封信後，就跟我展開了三十多年書信友誼。他很詫異我從沒見過雪，因他是來自冬天總是漫天風雪的德國西部。那兒，冬天太陽下午三時就下山，夜長日短，冬天是自殺率最高的季節。

　　他很羨慕我住在一個風和日麗的小島上，而冬天卻是我最喜愛的季節。香港的夏天熱剌剌，太陽明晃晃的照着，汗水從千百個毛孔冒出來，黏黏纏纏結在全身，令人渾身乏力。冬天卻不同，太陽明亮的照着卻從不熾熱，冰涼就彷彿凝結在空氣中，吸進肺腑內，令人頓然感到自身的存在。

＊　＊　＊

1991年，多倫多（加拿大），研究院，我和小吳在宿舍看見平生第一場雪，從空中紛紛飄至。我們倆也是從香港而來，目睹白雪從天而降，興奮莫名，情不自禁，互相擁抱，還來不及穿上大衣就往外跑，急不及待去感受飄飄灑灑的新雪。空氣清新冰涼，白雪則輕柔點點落在我們髮上、身上。日後我們才體會到隆冬的風雪撲面刺人。天文台明明說好氣溫是零下十度，惱人的風冷效應（windchill）卻把氣溫直推降至零下二十度。但那時我們年青，為了吃一碗正宗熱騰騰的雲吞麵，竟冒着寒風，在隆冬的街上走二十分鐘到唐人街。我們還慶幸可在四季分明的異邦生活，我們渴望看見春天的小草毅然從冰封的地上鑽出來。那些年，生活美好，我還未嘗過情愛和它的苦果。

＊　　＊　　＊

　　2015年，渥太華（加拿大），為了工作，我再次踏上這片土地，這片我曾刻意躲避重回的國度。我不想再觸碰那傷口，縱然它已結了厚厚實實的疤痕。我不想再提起那樁費煞心神、卻只徒得黯然懊悔的往事，儘管它已被壓在塵封的歲月裏。

　　一月，零下四十度，吹着從北極而來的寒風，送

給被困在動物園的北極熊僅有的安慰，牠們興致勃勃在地上打滾作樂。蕭紅曾寫過冬天把東北呼蘭河的大地凍裂了，渥太華的冬天卻把大地冰封了。大雪如同暴風猛烈降下，吹得人透不過氣來，把臉裹着只露了雙眼，鼻水卻仍直流。穿了羽絨大衣卻仍覺北風冰寒徹骨，戴上了帽子仍凍得人頭痛欲裂。在好天氣只用走五分鐘的路，卻得在冰天雪地上左一腳右一腳走上十五分鐘。撐着雨傘，勉強蹣跚走在暴風雪中，趕着歸家。也許，那是唯一的辦法。這座冰封的城市是加拿大的首府，它不會輕易停下來。零下二十度、四十度、六十度，那是等閒事，愛斯基摩人是這片土地的原居民。來自亞熱帶的我躲在室內，看着厚厚的雪曳然而下，一層一層覆蓋大地，小冰柱凝掛在樹枝上，黑鳥乾巴巴地咿呀咿呀叫着，而穿梭不息的車輛把白雪輾開、把這座城市弄得髒兮兮。

＊　　＊　　＊

　　2015 年，奧新尼（美國），二月，再受不了加拿大的嚴寒，為了尋求人間的一絲溫暖，趁着長週末，我飛往紐約郊區奧新尼探望在修院的中學老師。抵埗的那天，天晴氣朗，藍天浮着朵朵白雲。離開機場後，車

輛在高速公路奔馳，駛往哈得遜河 Hudson River 流過的郊外，一直向此起彼伏的藍山巒前往。

　　修院離邁克頓以北大約四十五公里，佔地五十二公頃，悠然地站在小山坡上，與小森林連在一起。修會成立於1912年，剛比辛亥革命晚了一年。原本的修院是簡陋的舊農莊，到了三十年代初才籌得經費興建正式的修院。適逢那時美國經濟大蕭條，修會還是堅決照預定計劃施工，逐步把修院建成，至1956才正式完工。訓練男生的神學院全座以深灰大卵石（fieldstone）而建，糅合了中式建築的綠頂飛簷和紅柱廊，亦有中式的聖母亭，深深表現了修會矢志到東方傳教的宏願。

　　離神學院約徒步走二十分鐘，便是女修院，也是我老師所住之地。若神學院是中西合璧，修院則集古今建築美學於一身。它建於1929年（1932年落成），採用了源自中世紀意大利羅馬式建築的修院設計，再加入了現代的元素。塔樓在建築物正面，全座建築以猶如栗子、又猶如鮮奶咖啡的淺棕褐色石磚砌成，聖人天使的雕像素白地佇立在修院的大門上和各角。它高高直直的門扉窗櫺，在晚上透着昏黃温煦的燈光，在日間則把陽光斜斜引進室內。它內裏的教堂還用了藝術裝飾派的垂直線條，天花的橫樑都塗了耀眼明亮的粉藍朱紅

花紋。修院室內佈局採用了講求的均衡設計，教堂兩側有長長的迴廊，四面則通向各處，而修院內不同處也有露天的四方中庭。

修院內外各處高而尖的拱門，低而深的長廊，連綿的扶壁支柱以及驟然開闊的庭院形成一種流麗高低深淺的美，時而開時而合的空間令人遊走於一種獨特連續而有節奏的旋律中。修院理應是重門深鎖，閒人免進之封閉地，但這座莊嚴典雅而自得的修道院卻令人感到踏實自在，它的美令人心生嚮往，萌生對它開放，對生命好奇之感。單看修院匠心獨到的設計已知道修會當年的雄心壯志，就算建於經濟拮据之時，它們也不會放棄建築師的心思，因為修會有莫大的信心，它們已準備訓練代代的人才到世界各處傳道，它們的修院必須屹立於時間的長河中。

修院在全盛時期每年有一百六十多名初學生，可憐現在則只有三名。住在修院多是年老體弱的老修女，她們年青曾在這偌大的修院受訓，再被派往世界不同角落來行使命，到了暮年又再次回到這座她們曾懷有熱血夢想之地。

其中一名修女便是我的老師梁修女。我到達修院時，修女已站在大門外的麻石梯階熱切地等待着我。

我的老師已年過八十，滿頭銀髮，精神飽滿，笑意盈
盈地給我一個擁抱。老師是一個充滿活力的人，當年
她除了當我們的老師，還常在醫院做護理和牧靈的工
作。她教我們英文和文學，特別講求文法的運用和發
音的標準。她對我們女孩的坐姿和用餐的禮儀也極其
講究。在課室裏，她絕對是嚴師。還記得我的好友因
英文考試時把題目號碼寫錯了，縱然答案寫得不錯，老
師竟給了那題零分，還說要她，甚至全班謹記教訓，凡
事小心，不要在公開試犯同樣的錯誤，也不要在人生
犯下愚蠢的錯誤。當年，那同學當然對這位嚴師「恨之
入骨」，但她真的變得格外小心，還當上了律師。而老
師在課室外則對我們關懷備至。她每年也會花上數月
時間，到班上四十多名學生的家每戶探訪。我們又緊
張，又興奮，既盼望老師快來，但又擔心她在父母前說
我們的不是。事實上，大部分時間竟是我們的父母「出
賣」我們，把我們在家中的種種惡行告知老師，還授權
老師多多管教懲罰我們，而不是老師到我們家告狀。
到過我們各人的家，老師更能明白我們各人的難處。
最難得的是老師在那時隻字不提，卻默默支持我們。
到了我日後畢業，在社會做事，也真的是事隔多年，在
很偶然的情況下老師略略問了我家的狀況，那時我才如

夢初醒。原來老師把一切也看在眼內，記掛在心上，她一直也知道我家的難處，但從沒多問多說，卻多年來有意無意間給我鼓勵，還主動跟我保持聯絡，而我只是老師執教多年的其中一名學生。

老師精力充沛，一直工作到七十歲才正式退休，也在那時起不再把頭髮染黑。我只覺老師現在的一頭銀髮更親切動人，絲毫不減她的活力和親和力。她在修院負責舊生聯絡、籌款等事務。她領我到自己的房間，內裏整潔古雅。還放了老師為我準備好的水果、零食、日式糕點及至各式香草味的茶包。我在修院小住的五天，都是老師親自下廚做晚飯給我吃。修院供應的晚餐只是簡單的沙律和麵包，她擔心我吃不慣，便動用了自己的零用錢買了各式的食材，自己做飯。而我這人是最愛吃住家飯的，在那數天可與老師一起做飯（應說我只是伴着她和她聊天）、吃飯、洗碗，已覺心滿意足，幸福滿溢。也許熬過了北方凜冬的風雪，總覺得心裏隱藏着對人間溫暖的一種莫名躁動的渴求。老師對我的關愛把我在北部整個月積壓的寒氣和鬱悶都一一驅散了。

日間我在偌大的修院閒晃着。修院有博物館、圖書館、電腦室、會客室、飯堂、老人院……我看書，

做着零散的工作，和老師說着從前的種種……直到晚上來臨。修院晚上大都開着微微昏黃的迴廊燈，令整座建築也披上一層神秘而寧謐之感。我回到自己的房間，看着高高的樓底，古舊耐用的柚木家具，心內有一種踏實舒泰之感。我躺在床上沉沉欲睡，風聲卻在修院外嘯嘯地作響，聲音高高低低地吼着、追逐着，像是兩個大頑童在佻皮任意亂竄亂跳。我無力管束「他們」，只顧夢鄉的事。到早上醒來，方知昨夜來訪不單只是風，而是風和雪。盡入眼簾是一山白雪的美景，滿山光禿禿的枝頭此時都披上了皚皚白雪，地上像鋪上一層厚重而又柔軟的白地毯。我馬上梳洗，我得告知老師，我要到花園中賞雪。

老師見我雀躍如小孩，百思不解，她說這兒的人最怕下雪。我穿上外衣往外跑。老師只囑咐我小心別着涼，也別滑倒。我看到修院褐色的磚頭此時都染了白雪，屋瓦積了白雪，整座四合庭院也變成雪院，修院外的花園和山坡也化為雪國。

這座花園，或應說是通往森林前的庭院，是由美籍日本園林設計師Ryozo Peter Kado負責興建。他在二戰期間，跟很多在美居住的日本人命運一樣：只因自己的日本人身份而被美國政府囚禁起來。修會那時極力

爭取釋放他，最後政府作出了讓步，同意他住在修院內生活。Kado 先生也利用了住在修院的日子，親身感受聆聽這塊土地的聲音，下筆為修院設計了戶外庭院。日後他重獲自由後，也數度親自回到修院監工。那庭院確有日本園林的特色、有日本櫻花樹、楓樹和常夜燈。Kado 先生設計的聖母山則仿照法國相傳聖母顯靈的露德聖母山而建。他考慮了力學和美學的結構，用上了他祖傳的鬼斧石匠神工（Kado 先生是他石匠家族的第五代傳人），只用修院當地出土的天然石塊砌成了小山和山洞，卻沒用上一滴水泥把它們黏合。整片庭院精緻卻不失自然開放，幽寂美麗。苦路和墓園也在院內，而園林就像和附近的山林、小森林自然地連在一起。庭院賦予了石磚修院靈性之美，更彰顯修院在四季不同之景。

我於冬天到訪，有幸大雪降臨，看到如童話世界般雪景之美。白雪沾滿整座石磚修院，飄灑滿高大常綠的杉樹林，把那千萬光禿枝頭全都披上白衣裳；它走遍整片山坡樹林，把一切也安然納入雪國內。山中的雪景與城中雪景是如斯不同。在城中，我只顧躲在室內；在山中，我卻只想往外跑。我在雪地慢慢走着，看着自己在雪地留下的足跡，聽着自己的呼吸聲，吁着

暖暖的白煙。此時，細雪又再次如鵝毛紛紛飄至；此時，我終於明白日本人所說的「粉雪」，那零度以下而降的粉狀之雪，輕柔不帶濕氣，輕拍即逝，那雪真的不沾濕衣裳。柔柔落在臉上，漫不經意地吹拂又溜走了。

　　我滿心歡喜回去告訴老師我各樣的新發現，她也滿心歡喜看到有人對雪景如此着迷。我渴望白雪再來，但我在的數天只看到枝頭的垂冰一點一滴地溶化。我只能在修院的迴廊傾聽寂靜，在傍晚欣賞多彩變幻的晚霞，在睡前默默祈禱再下一場夜雪。

　　但這一切也落空，我歸期已到，我必須起程回到北方的嚴寒獨自生活一段時間。行李已收拾好，老師跟我吃過早飯，預備到我房間幫我再作打點。我們卻留意到四周的人都行色匆匆，辦公室的人也在收拾行裝，而修院的技工和清潔工都忙着在門縫堆砌沙包。一問之下方知暴風雪將至，紐約州政府已頒下了「雪日」（snowday）之令，所有人必須回家或留在室內，因紐約將會有六十年來最大的一場暴風雪來臨。

　　雪日，我的祈禱終被應允了，我將再次看到飄滿白雪的森林，再次傾聽風雪飛揚黑夜的聲音，我將可留下。

花期

　　尊敬的先生，一如以往我把客廳的大鐘送到貴店清洗和檢查，它一向盡忠職守，可是這次回來後卻性情大變——總是滿懷心事，沉默寡言，為我服務起來，顯得百般不情願。我好意追問，它卻一聲不響。勞煩您派來可信任的工匠，聽聽我那大鐘的心事，助它紓解鬱悶。

　　　　　　　　　　你忠誠的 C · 狄更斯上

　　這是查理斯 · 狄更斯寫給鐘錶匠的信。狄更斯非常喜歡那深褐、雕有含苞攀藤圍繞花紋的白面圓形掛鐘。他住在倫敦大英博物館附近道蒂街（Doughty Street）時就擁有它。之後，他搬到英國東南部肯特郡（Kent）加山（Gad's Hill）也帶着它。直至他在1870年去世時，大鐘還守在他門前。大鐘見證了狄更斯的婚姻，親眼看見他為新婚妻子戴上綠寶石項鏈；伴着他成名，曾與他在道蒂街的小屋一起努力完成了

《苦海孤雛》（Oliver Twist）和《匹克威克外傳》（The Pickwick Papers）；也見證他在名成利就後，寫下絕情的休妻書，又悄悄將初出茅蘆的窮家演員尼妮收作秘密情人。在狄更斯發跡後，大鐘就沒再為他奔波，只冷冷地站到一旁，猶如一個幽靈，不離不棄，以追隨和緘默令人儆醒。儘管大鐘沒向外人說過他半句，狄更斯風光背後的陰暗面卻在他二百歲冥壽時，給著名的傳記學家湯敏伶（Clare Tomalin）揭示出來。想不到，英國鼎鼎有名的道德小說家竟過着偽君子的生活，不單令自己妻子兒女飽受折磨，還害了他深愛的尼妮一生。狄更斯在五十八歲因腦溢血猝死時，尼妮才三十歲出頭。他死後，尼妮為了隱瞞過去，為自己編製了一連串的謊話，最終害苦了自己的兒女。狄更斯竟成為自己小說中卑鄙的富家子弟，到處留情，害了無知的少女，令無辜的孩子受盡歧視欺壓和譏笑。

狄更斯先生，大鐘已回到道蒂街的老家了，你是否真的希望它能再次鳴響，提醒你痛心的往事？

先生，一切還是由他吧。你不是說過最好和最壞的時刻能同時並存嗎？人們不是早跟你說過沒有隱藏的事不被顯露，沒有秘密的事不被公開嗎？至於那大鐘，你就饒了它吧，反正鐘擺發出的滴答聲總令人心煩，甚

至難以入睡。記得我到日本旅遊，作客於媚的家，就懇求她把客房的掛鐘藏起來。她説我精神緊張，又説滴答聲的靈感是源自我們自身的脈搏聲——話説加利略在上教堂望彌撒時，悶得發慌，無意中看到垂懸在教堂天花吊燈在擺動，便想出用自己的脈搏去測定擺動的頻率，大大提高了當時計時器的精進度。

　　我們的心跳聲真的如此催人和惱人嗎？我曾在倫敦華萊斯博物館（Wallace Collection）看過那些十八世紀法國宮廷用的壁爐鐘，它們依舊金碧輝煌，雕了各樣的象徵圖案和人物代表，這華麗也許是理所當然，但一看鐘旁的簡歷，不單註上日期、出處，從前貴族主人名字，也寫上了鐘擺設計師的大名（Movement By Master）。名鐘不單要講究外表和要有可靠的機芯零件，也得有獨特悦耳的鐘弦聲。你聽聽每個名鐘發出的擺動和弦聲也大不同，並不是單單機械式的滴、答。它們用自身清脆輕盈的旋律，點滴地訴説宇宙的氣息，把世間噪音隔絕。所謂心的頻率該是聽起來不致厭煩的心跳。怪不得那奢華無度、不知民間疾苦的法國皇后瑪麗安東尼會在1789年革命風暴來臨之際，把宮中的名鐘趕緊送回鐘擺設計大師羅拔羅賓（Robert Robin）手中，囑咐他要好好保管待她日後領回。皇后總算是

真正懂得欣賞和愛護藝術的人。反正她已賠上了腦袋，狄更斯先生，您就手下留情，在小說裏饒了她吧。

你也許會問，是不是所有事情也可就此讓它們隨風而逝？我不知道，真的不知道。媚說那年春天遲了來，讓我們可趕上在復活假期賞櫻。她說花期大約只有一週，要好好珍惜，又說櫻樹一年只開花一次，只開六十年。京都在戰後為了美化城市而種的櫻樹，花期快滿。也許，那時市政府會把所有老樹剷去，換上新樹，讓它們繼續盛放。媚苦笑着，淡淡地說：「人生就是如此。」狄更斯先生別鼓譟，我多少還是明白你的心意，至少在你大鐘不再走動和報時後，你也沒拋棄它。但它大概會說，「世間好物不堅牢，彩雲易散，琉璃易碎」，又說「事事有時節，時時有限期」。

為了賞櫻，我們在鬧市中尋找天神公園。我們穿過一座座高聳的商廈，在不遠處看到一座古樸的石橋，走到橋的盡頭，猛地蹦出在眼前是滿園盛放的櫻花樹，和散落了滿地的花瓣。美得令人屏息讚歎，但這美又與任何能在相片看到的不大一樣。眼前的櫻花僅是淡粉紅色，淡得近乎素白。它們隨風飄落時真像白雪在空中靜靜飛揚，再無邊無際地散滿塵寰塵世。它們沒有香氣，根本做不出商店售賣的櫻花茶和菓子。我當

然不會怪那些商販作了添加，企圖給沒有親睹的人捕捉櫻花的美。你得置身在櫻花林中方能體會甚麼是漫天美景，遍地美意；甚麼是淡雅而絢爛；甚麼是無色無味，卻能誘人想起種種與花有關的幽幽芬芳。那意境能令人放輕所有腳步，休怕傷害任何一片花瓣，即使凋落了也不捨踐踏；能令人收斂起來，不再喧鬧，連笑聲和呼吸也變得溫柔輕盈；能令人想到幸福和憂傷，豐盛和枯落，生命和死亡，甚至領略到愛情的甜蜜和苦痛。

德國導演多麗詩·多莉（Dorris Dorrie）在喪夫後，拍下了《當櫻花盛開》（Kirschbluten Hanami）。主角朗迪是名來自德國南部典型保守古板、剛退休的男子。他賢淑的妻子楚迪卻處處為他着想。妻子總想朗迪能過得快活一點，及至從醫生口中得知丈夫患上絕症，時日無多時，她也默默承受。但朗迪沒有察覺楚迪的心思，他甚至對妻子一切的興趣也不聞不問。這包括了妻子心儀的日本文化和暗黑舞蹈（Butoh Dance），以及到東京探望愛兒，賞櫻和登富士山的心願。楚迪希望能在朗迪還在時，能與他一起欣賞她心中至美的景色，但這一切也給沒趣的丈夫拒絕。他們只是去了寒風凜冽的黑海度假。過了一夜，清晨醒來時，朗迪竟發現妻子一睡不起，死神悄悄先帶走的竟是

楚迪。朗迪在失去楚迪後才懊悔沒答應妻子的懇求，遂毅然一人到日本以圓妻子的夢。滿載期盼，到了東京卻給兒子冷待。他唯有一人終日在街上和公園裏蹓躂。就在某一天，他又苦悶又無聊地走到街上，不經意抬頭一看，滿眼竟是醉人的櫻花。街角的櫻樹在不知不覺間盛放了，春天來了。朗迪愁苦乾澀的面容立時被融化，他首次展現笑容，並向櫻花說：「楚迪，給妳的！」繼後，他急急地把風褸大衣解開，滿帶笑意，眼閃淚光，在樹下如小孩般轉動身軀，望着滿樹搖曳的櫻花喃喃說：「楚迪，看，給妳的。」那時，我們方知朗迪在大衣下是戴着楚迪的珍珠項鏈，套上了她的彩藍毛衣，穿着她的黑底白點長裙。朗迪原來一直用這方式與亡妻一起。片末，朗迪穿上亡妻的日本舞衣獨自一人死於富士山下。若為世不容的易服行為隱藏着的是無盡的思念和愛戀，狄更斯先生，那是多麼的淒美，又多麼的苦痛可憐。

如今，我們來到山下，媚說既然來到能古島，明早就到山上看看野櫻，那種任意在山中、路上生長的櫻花樹；那種也只在一年冬春交接才盛放七天的櫻花，它們不會為任何人營造漫天美意。它們孤傲獨立，只會把樹的秘密、生的秘密向山中訴說六十回，然後便會靜

靜立於天地間。人們將會忘記它們曾經如斯美麗過，
也會忘掉要把它們砍下的慾望。狄更斯先生，你可放
心吧，那時它們不再吐出任何私語。

　　今夜，狄更斯先生，就讓我們安心地躺下入睡，
不用再擔心大鐘不鳴響。這夜，有春來前，寒風最後
一次狂嘯；而明早，鳥兒的鳴叫會催促我們到山中看看
這島上的秘密，我們的心將得到安寧。

老東西

　　我老了，別安慰我，這事我是確切知道的。打從我外婆去世那天，我身體便逐漸衰老，而我更無緣無故地戀上了古董。就在那年，我跟認識多年的同事謝成為好友，因我猛然察覺到她的辦公室放了大大小小古樸淳美的古董。那年，我也認識了在北京的楊。這人對古董的愛慕和尊重如同虔誠的教徒，人家每逢星期天到教堂祈禱，他則每逢週末到北京的潘家園打轉。明知真的、假的古董都在那兒賣，他卻說不要緊，到那兒轉轉、翻翻舊書、摸摸舊物、嗅嗅舊日留下的氣息，心裏就踏實好過。謝和楊的老爸都不在了。

　　雖說我對古董萌生愛意，我家裏只有一件古物。我沒有收藏古董的意欲，因家小、財少，鑑賞古物的知識也少。再加上我媽下了禁令，不容家裏任何人買古董。她認為先人的靈魂都會依附在心愛的物件上，這就連我搬家時的裝修師傅也有類似的說法。

　　師傅知道我愛舊物，說要帶我到番禺的傢俬工

地，看看工人如何把真正的舊傢俬翻新，又可親自挑
選，價錢比香港的所謂古董傢俬化算得多。就這樣，
我們離開了香港到內地尋找我新居的傢俬。我們到了
那些「工地」，穿過堆滿各種舊式中國傢俬的院子，
看到從舊房子拆下來的門窗，和遭人遺棄的桌椅。有
破舊的，和翻新好的傢俬。我們在滿佈塵埃的院子走
着，心裏感到百般無奈。把從前大戶人家的門窗，以
至各樣東西拆下，翻新後分散賣到各家各戶，是做孽還
是文物保存呢？那些古老塵封的家具如同孤雛，要被顧
客選上了，師傅們才會用他們的巧手賦予它們新的生
命。我在那兒看到了一扇手雕的梅花門，望着那朵朵
玲瓏浮凸的梅花就如同置身在盛放的梅花林中，這絕非
能由機器壓出來的木梅花門窗可取代。若它成為了我
的房門，每次進房門，我也可窺視一個梅花世界。我
也看上了一個圓形的小石缸，可供養魚用。若把它放
在露台上，陽光照灑在那深灰石缸，有橙紅金魚和黑摩
利在游泳，一定蠻好看。師傅對我這些喜好都大大讚
賞鼓勵，唯獨我在看翻新的木鏡框時，他卻立即勸阻，
收起笑臉，一面嚴肅地說，鏡子絕不能用舊的，連那木
框也不好。他更說：「不吉利的，就算你不信邪，自己
晚上起床，看到鏡子的反影也會嚇一跳吧。」他這樣一

說，我頓時甚麼也不想買。

那次番禺之旅是空手而回，而我家裏唯一的古物並不是為了我的新居而添置。在我還在租借別人的房子時，我已靜靜地擁有了它。它不是來點綴我的居所，而是來跟我一起生活。它是一個長方形的榆木書箱，是十九世紀的製品。不管真偽，至少其身份證是這樣寫的。遇上它之前，我根本不知道有書箱這東西。直到有一天我到謝的辦公室找她，卻被一個放在窗台上的正方形木箱吸引着。我知道那一定是寶，也是謝的新寶貝。謝書桌上的筆筒、文具小盤、紙鎮，全都是古董小玩兒。我們大多數人用的只能算是文具罷了，而謝用的卻真的是文房四寶。連她給訪客坐的小姐椅，也是一種舊時為女士們設計、體積較小的中國椅子。看起來，沒有一般放在舊時大宅客廳的迎賓椅子那麼方正重大。小姐椅顯得柔和，坐上去也令人覺得恰當，沒有過多的剩餘空間。我常跟謝笑說，若小偷要到辦公室拿東西，不用找保險箱，只用到她房間隨便拿樣甚麼都行。

所以我看到那正方形的木箱，馬上知道那是寶物。謝說是舊時文人遠行用的書箱，用作保護書籍和文件。那書箱是如此重，一定是書僮拿的吧，舊日的

書生多講究。謝毫不介意讓我觸摸那書箱，甚至讓我把玩那銅鎖。就在那一刻，我就喜歡了那種書箱。謝告訴了我書箱的價錢和售賣書箱的店舖名稱和地址，我就去了荷李活道，平生第一次走進了一間古董店。那店的櫥窗放了像兵馬俑的陶器人形，令人望而生畏。店主卻挺友善，只是她說已沒有小書箱，只有較大的。看了後，我就買下那書箱。除了謝，我甚麼人也沒告知，我家來了一件陳年古董。

我的書箱高及我的膝蓋，兩旁掛了馬蹄形的銅扣，前方則掛了一雙連身銅魚，而它們的扣則嵌在如菊花花瓣的銅片上。我的書箱甚重，要書僮拿也苦了他們，也許是要勞待馬兒搬運才行。我每次搬家也親自把它包裹好，才讓工人把它運走。書箱用榆木造，木色溫潤光澤。木紋從上向下展開，美麗得如同湖水兩邊泛起了淺淺的漣漪，吹皺至湖中央。若你輕柔摸摸那紋理，你會感到些微的起伏凹凸，像觸摸到樹幹獨特的質感，那生命留下的脈紋彷彿還在流動。我的書箱也掛了一把吊着硃砂紅繩的銅匙。那是非常重要的鑰匙，它不單能把書箱鎖上，也能把門拉開。是的，書箱的門不能打開，只能用銅匙把整扇門拉出來，與整個書箱分開。那時，你將會感到如同芝麻開門傳說中的

主人翁，看到意想不到的寶藏，原來書箱內別有洞天：它不是單純的一個書箱。它的最上方有一個長扁形抽屜；左下方有一個小方形抽屜；右下方則有上下兩小抽屜；中間則有兩格較大的空間，恍如兩層書架。這是如此周到的設計，那時的文人如要遠行，是把書房心愛的一角也帶上路去的。

我的書箱外表毫不起眼，安靜地佇立在客廳的角落裏，至今也沒有人真正問過它的身世（只有我哥說它很美，就一句而已），也從沒有人要求我拉開那扇有湖水紋的門讓他看個究竟。也許真的是天地有大美而不語，我的書箱美得如此自然，連那硃砂紅繩過了十個年頭，至今還未褪色，同樣也美得如此低調，從不招搖；它護着我的秘密，也護着自己的身世。我媽到現在也不知我家長住了一位稀客，我會好好護着這由從前文人雅士留下的書箱。

在我媽眼中，我家最古老的寶貝是我外婆外公留下的物件：一個樟木箱子和一座打字機。雖然那兩件物件也不是特意留給我的，我卻十分慶幸它們落在我家裏。

先說說那樟木箱子：它是我阿姨的嫁盒，她一直想留給她女兒待嫁用，甚至在我表妹唸小學時，他們

舉家移居加拿大的時候也帶着它。待到我表妹婷婷出嫁，及至又全家也快將回流香港居住，我表妹才表明她對那古老的箱子一點興趣也沒有，她說那箱子跟她新居格格不入。而剛巧阿姨從我媽口中得悉我無端戀上了古物，就越洋搖電話來問我意向。就這樣，那箱子繞了地球一圈，經歷冷暖，竟落入了我這位嫁杏無期的女子家中。事實上，我媽出嫁時，外婆也送了一個樟木箱子給她。那箱子一直在我媽的睡房中，裝載了她那些上乘但過時的衣服。那樟木箱子較高，全身也雕了龍鳳的紋飾。我小時還得花點功夫才可爬上它好好坐下來，而腳則吊在空中碰不着地。我媽一旦發現我這作為，必把我馬上趕下來。

相對來說，阿姨給我的樟木箱子矮小得多，木質厚重結實。一個五六歲的小孩若坐上去，雙腳也可踏着地。它深褐帶紅，每邊也分了不同的長方格，而每格也各自雕上了梅蘭菊竹的花樣，清雅得很。它不大像新婚的盒嫁禮物，也沒有繁複的龍鳳雕紋。除了刻上了四君子的位置有凹凸感外，那箱子的紋路光滑美麗，一打開，仍散發着樟木獨特濃郁的香氣。我把兒時的日記、留言冊、舊情人的信箋全都放進這百寶箱內。我媽說：「多浪費啊！都不識貨！」也許這是真

的，到了現在我才略懂箱子的美，不然，我定在外婆在生時問問她怎樣選購它的，又為何給我媽和阿姨的款式如斯不同，可否親自選一個給我。西西曾撰文說過她媽留給她的樟木箱子是她的長輩，而我家的樟木箱子則是我失散多年、如今重聚的同輩好友，只因我在阿姨出嫁時當上了她婚禮的小花女。

那樟木箱子也可算是外婆隔代送給我，但外公留給我的打字機卻是我們曾經共用過的。說正確點，外公並沒說要把它留給誰，是我略施小計把它弄到手的。外公去世時，我們發現他留下一部銀色的奧林匹克打字機；機身堅牢紮實，打字的時候仍發出鏗鏘有力的啪啪聲響，而那銀色的外殼酷極了，一點也不過時。它如此俊美，惹來了親友的垂青想把它佔有。我媽那時卻大公無私，擬把它捐贈給博物館。她這高尚的意願誰都不敢反對。順理成章，那打字機就放在我媽家裏，我則負責打聽哪所博物館願意把它收藏。這任務當然花時，就在時光不知不覺流逝間，我的親友也把它淡忘了。在那時，我跟媽說那打字機還未古舊得可進博物館，倒不如放在我家讓我好好紀念外公，那機也美得可做我家的裝飾，況且我也用過那打字機。我媽聽進了我的話，被我打動了，就靜靜把它給了我。

雖然這宗「地下交易」可能有點違規，我說的卻是句句實話。我自初中起就想出國留學，到了高中，媽怕我考不上香港的大學才考慮在中六時把我「放洋」。所以我中五時就興奮至極，找了一大堆英國中學的資料和報名表格。一天，我呆在外公外婆家看詳情，外公就說我可在他們家慢慢看，甚至可用他的打字機填寫表格。這樣一呆便住了一夜，連打表格也是外公幫我弄好的。那夜之後，外公還幫我打了好幾次表格。後來，我留港上大學，外公也沒說我浪費了他一番功夫。

在那年代，我外公是挺摩登時髦的。他說一口流利英語，曾在那高級的告羅士打酒店當過文職，又當過英文補習班的老師。他外出時，總愛穿一套淺粉藍色、帶點狩獵色彩的卡奇裝束，再塗上一點古龍水。他吃的早餐有各種奇特的果醬，包括現在已找不到的檸檬酪（lemon curd）。外公也愛在特別的日子帶外婆和我們兄妹到西餐廳。那時，北角有一間叫玫瑰餐廳，價錢合理，氣氛高雅。那兒燈光昏暗，每枱點着小蠟燭，放着鮮花。對小孩的我們來說，是非常獨特的經驗，我們多興奮，甚至在到埗前已議論紛紛要吃哪一種扒類全餐，到了玫瑰餐廳，我們也會自覺收斂起來，學着外公吃西餐時的禮儀。我有足夠的理由相信，若外

公仍在世，他一定學會用電郵和短訊來跟我和別的兒孫溝通。

外公幫我打表格的年代是沒有互聯網、沒有電腦的八十年代，連打字機也是全手動的，打到了每一行的盡處，打字機還會發出清脆的「叮」一聲提點，那時，便得拉動手掣到下一行。打畢，還得把紙張鬆捲出來。而打字則需要每根指頭都有足夠的狠勁才能打好一篇文章，因紙上除了印上墨色字母，也能顯現每個字母打出來不同力度的深淺痕跡，整個過程就給人一種特別的成功感。現在由電腦打印出來的文章不免顯得單一乏味。還記得去年，我曾到訪詩人和劇作家布萊希特（Bertolt Brecht）在柏林的故居。由於導賞服務只有德語，那位博物館的小姐就遞上了一張英語的簡介給我。一看，萬分驚喜，那張紙是由打字機打出來的，字的墨色不大均勻，卻是活的。當我手執那簡介走到故居大廳，看到工作枱上布萊希特曾用過的一台 Royal Quiet de Luxe 打字機（也就是海明威愛用的同一品牌），那簡介就仿似是從那打字機印出來，是布萊希特給我這在 2011 年到訪客人的留言，訴說他大宅的來由，他的著作，他對東方哲學的仰慕，甚至那小小的秘密：打字機窗前是看着哲學巨人海格爾（Hegel）

的墓園。

打字機真是一件能傳遞獨特感情的機器，尤其是外公的那一部。我把它弄到手後，就找有關師傅把它清洗、翻新、換配件。怎知師傅說那台機不是奧林匹克原廠的顏色。怎可能呢？他打開機身，讓我看機殼的底部，說：「這機原是米色的，你看到的銀色是後來掃上的，掃得很不錯。機件仍很好，還能動。」我才恍然大悟。他說得對，我中學時到外公外婆家用的打字機是傳統的米色。不知何時，外公給它的外殼掃上了一層銀色，令它如鐵甲戰士般穿越時空，繼續伴我作戰，如同我少年時，外公穿着汗衫、架上那黑邊老花眼鏡，連夜伴我作戰，讓我追逐夢想。

如今，每次念到我家的三樣老東西，我心中充溢着滿足，滿心歡喜。它們藏有了我的天地，也伴着我的天地。

指環

　　有人說女人總得有最少一克拉旁身，這當然是以情人相贈為上品。鑽石自有它迷人和魅惑人心的魔力。君不見在《珠光寶氣》（Breakfast at Tiffany's）一劇中，女主角本是一名貪慕虛榮的女子，但當她收到愛人送贈的鑽戒後，就心軟淚下，竟放棄嫁入豪門的宏願而甘願跟隨一名窮作家。中國女子也敵不過這鑽石情關，《色，戒》的王佳芝，本是一名滿懷理想、有着高尚情操的愛國青年，竟敗在那枚永不會屬於她的六克拉粉紅鑽戒上，不單斷送了救國大業，連自己的生命也犧牲了。烈女如她們也如此，平凡女子如我又怎能免俗？

　　我曾悄悄跟自己許下諾言，生平首枚鑽戒要來自愛人。可是，等得半世紀也快過了，來的只是過客，更遑論那鑽戒。而我身體也敵不過時間，縱是手指稱得上修長，手上的青筋卻不耐煩地暴露於人前，指甲也不知在何時出現長形的凹凸坑紋。每逢在鏡中看見自

己的雙手，我就下意識地把它們往上提，試圖減慢那些青筋的生長速度。那只是自欺欺人的小把戲，我心裏仍想着鑽戒的事，從前的意志也動搖了。我的好友米雪不是每逢升職加薪就獎勵自己一番嗎？她有心形鑽戒，又有稜形和圓形的鑽石耳環，醒目閃亮，令人頓時變得精神亮麗。公司的莎莎更帶着鑽戒跟眾人打羽毛球，我們為那名貴的小石提心吊膽，莎莎卻說鑽石最堅硬不易刮花，況且愈貴重的東西愈要多帶，那才划算。若要買耳環，各耳朵一克拉，豈不是更昂貴？況且，我耳朵還未打洞。我就是怕除下耳環後，看到那永恆的傷缺，空空孤寂的小洞，將得用人造物把它永遠遮蓋。帶着鑽戒去打球？我還未有足夠的豪情如此瀟灑。但我還能堅持多久呢？我的手真的要呆等下去，終身不帶戒指嗎？

我問媽我是否也應像我的友人「投資」一枚鑽戒，媽竟說我傻，又說她們笨。她說鑽石都是騙人，小小一顆石頭，全靠燈光折射，跟玻璃水晶也差不遠，真假難辨，她勸我不要跟風。我問她，爸爸有沒有在求婚時送她訂婚鑽戒，她又說我傻，說結婚就結婚吧，哪用訂婚？那時爸也窮，沒有這些玩兒。我一邊聽，心裏不禁一直往下沉，我小小的心願去承繼家傳的鑽戒

也落空了。媽是說實話，我媽對衣物皮鞋手袋都極其講究，唯獨對飾物不為所動。她總說漂亮精緻的買不起，小的次的她看不上眼。我也從沒見過媽帶任何鑽石首飾，她獨愛翡翠玉石，說那是君子護身之品，能鎮邪，又會愈帶愈溫潤，散發自然的靈氣。媽甚至說可買玉器給我，我卻覺得玉器太清雅，不配給人帶，只宜欣賞，一帶在身上，人跟玉也俗起來。

在這情況下，為了那夢寐以求的鑽戒，我只能動用自己的積蓄了。我看過以黑豹為標記的卡地亞店，也到過擁有自己藍色商標的蒂芙尼店，它們售賣的一克拉動輒也在數十萬以上，這是我能負擔的價錢嗎？還是反正平生一次，也不要計較這麼多吧？在我猶豫不決時，怡告訴我她同事結婚的鑽戒在批發商購入，價錢相宜，又有證書，她可跟我一起去看看，她說何必浪費金錢在名牌公司的宣傳或設計上。說得也有道理，就這樣，我們到了紅磡的商業大廈。那地區的街道堆滿了上落貨車，一點也不像能跟任何奢侈品拉上關係。我們依着指示到了那珠寶公司大門，要通過對講機報上姓名，再望向面孔登記器，過了兩道鐵門才得以進內。看到的只是與一般辦公室無異的間隔，那時一位姓甘的小伙子迎上來熱情地招待怡和我。他領我們到了珠寶

室，又得過另一道密碼大門，仿似進了一個燈光幽暗的夾萬內，那兒有長長的飾品枱，內裏都亮着不同角度的射燈，把每一顆鑽戒、吊墜、耳環都變得光芒四射。姓甘的邀請我們坐下，又囑咐他的同事遞上茶水，那時我才意會我們是踏在軟軟的紅地毯上。想不到珠寶批發商的氣派絕不比名店遜色。這位甘先生長得眉清目秀，有一頭烏黑的短髮，皮膚白晳幼細得令女孩子豔羨，而令我尤其嫉妒的竟是他的一雙手。他應該有三十來歲，雙手修長，每一根指頭也圓潤整潔，指甲平滑透着健康的粉紅色，全手看不到任何青筋紋理，剛才跟他握手時，只覺那手柔軟無骨，說是一雙女孩子的玉手也絕不過分。也許，他是天生要做這行，跟女人和她們的弱點斡旋。

甘一直也面帶微笑跟我們說話，他說從怡的同事口中得悉我們首次買鑽石，是入門初哥，他完全樂意跟我們講解鑽石的常識及購買時要注意的東西。他說鑽石是天然形成的，難以完美無瑕，囑咐我們千萬別追求完美的鑽石。他還拿出了鑑賞鑽石專用的十倍放大鏡讓我們觀看了兩三顆不同的鑽石，看大自然留在它們內的內含物和表面花紋。我實在不太懂得看那些微小的瑕疵，卻被放大鏡下小小鑽石五十八個瓣面折射

出的圖案和光線吸引着。甘得意地說那圖案是由「八心八箭」，又稱是邱比特車工而成。[1]在放大鏡下看鑽石冠部，將看到八箭，反過來看底部則看到八心，這對稱的打磨會令鑽石的火光均呈地折射出來。想不到，一顆小小的鑽石竟暗藏了如此學問。在放大鏡下看到的一切突然令我想起兒時在萬花筒下看到七彩繽紛的幻變世界。可是我變了。

甘又說，不一定要堅持一克拉的，差一點也不會有人察覺，價錢卻差別很大。他還讓我們試戴不同重量的鑽戒。我把一克拉的鑽戒帶在右手的無名指上，感受着這實際是0.2克小石的重量，又把手側過來側過去，拉近拉遠的細看，那小石的確是閃爍迷人。甘得意的說：「很美吧！」。怡也在試戴不同的鑽戒。甘說：「你們可告訴我你們心目中的價錢，石的要求，我幫你們找到滿意的石，你們付全數，再選設計也不遲。」那時，怡和我才如夢初醒，原來到批發商購買鑽戒是這樣的行規。甘一定察覺到我們的不安，他還是笑容可掬地說：「不用擔心的，我們公司信譽好，又是

1　邱比特Cupid是愛神，「八心八箭」喻意愛情的八個階段：邂逅、鍾情、暗示、夢繫、初吻、纏綿、默契、山盟。

大福珠寶的供應商，會給你們國際證明書。回去想想吧，這麼貴的東西，當然要想想。」

怡和我就尷尬地離開了那珠寶公司。想不到到了友人介紹的批發商，還是空手而回。一想到要先付全部費用，就覺心驚膽跳。若日後貨不對辦怎算？設計不如心中所想又怎麼樣？這一大堆問題已把我奢侈的慾望一層一層的壓碎。也許，我命中是得不到邱比特的眷顧；也許，我本不該如此戀慕虛榮。反正我又沒有兒女，買了如此貴重的東西，日後又可留給誰呢？我試圖動用所有理性思辯去勸服自己，但為我購買鑽戒的事情畫上句號，卻是一次探秘之旅。

因為公幹，我需到紐西蘭的奧克蘭走一趟。又因時間關係，我沒法到有人間仙境之稱的南島，求其次，我決定在北島轉轉。參加了當地的旅行團，我必須忍受一些商業例行活動如觀看剪羊毛表演和毛利人的歌舞，才能看到大自然奇景。當旅遊車駛進了地熱區，迅即便嗅到刺鼻的硫磺氣味。地熱區內有泥漿池、蒸氣湖，和每天早上才噴發一次的間歇泉。這全因北島有活躍的泥火山，那天然的大火爐距離地面僅有四公里，地面水池的溫度高達三百多度，怪不得一處被名為「惡魔的澡堂」。大文豪蕭伯納在1900年到訪地熱區

就稱那兒為「地獄門」，你可想像那兒灰撲撲的泥漿，和整天飄着熱騰騰白霧的泉水是多麼的可怕。但我最想看到的不是那些冒着熱泡泡的泥漿池，也不是要看如畫家調色盤上不同色彩的泉水，而是懷托摩岩洞內獨一無二的螢光蟲。牠們是名副其實的蟲，英文名字是glow worm，只懂爬行，不是大家較熟悉能飛的螢火蟲firefly。岩洞的入口在綠草如茵的小山坡上，洞內卻是另一世界。首先看見是如歌德式教堂壯麗的鐘乳石，導遊邀請我們引吭高歌，以證岩洞內音響效果之佳。一名來自俄國的團友唱了一首民謠，他的歌聲響徹了這地下世界。跟着，導遊再領我們往洞內走，在地底河流旁，我們上了小船。導遊囑咐我們關掉所有攝影機、電話和電筒。各人興奮異常，七嘴八舌在議論這次行程，但當小船繼續往漆黑的岩洞前行時，大家也屏息靜氣等待奇景出現。突然，我們看到岩洞上綴滿了數不盡的點點亮光，如夜空的繁星，那些燐光微微泛着一種迷離奇異的翠藍色，晶瑩淨透，高高低低散佈在黝黑的岩洞裏，左左右右在我們身旁堅定地閃耀着。為了吸引獵物靠近，螢光蟲尾端發出如此幽幽細細剔透的藍光。若小蟲為美所吸引而亡，也算「為美殉身」，死而無憾吧。

在岩洞之旅完畢後，回到地面世界我才慢慢回過神來，只能向導遊簡單地説聲「謝謝」，不願多説話，心裏仍對洞内的世界百般不捨。

螢光幼蟲自身的光芒竟令我想到鑽石得靠紫外線折射的熒光。幼蟲生長在南半球的火山地帶，而鑽石是在南半球地下一百二十至二百二十公里的地幔上層形成，透過火山爆發，含有鑽石的岩石才能被岩漿和熔解的石頭帶到地面上，根據科學家估計上次噴鑽大約在二千萬年前。每一顆鑽石也得經過大自然千度高溫，和六萬大氣壓力下才能結晶形成。懷托摩的火山地帶和地下岩洞也許已是最能令人了解鑽石形成的地質環境。螢光幼蟲為了成長和生存，發出了迷人卻含殺機的光芒，那是大自然獨特的生命力，美麗殘忍卻別無他法。鑽石本是世上最堅硬、成分最簡單的石頭，歷盡時間磨練才能到達地面。世人為了得到它們，大動干戈，甘願流了不少血。要看到螢光蟲的美便得拋下身外物的羈絆，沒有光才能看見螢光，不能用鏡頭捕捉牠們的美，只能用自己雙眼靜心細看，用身體感覺那幽暗奇幻的世界，把所有回憶藏在心中，離去。鑽石之美，難道把它戴在身上就能體會到嗎？

岩洞之旅後，我沒有再想過購買鑽戒之事。

直到一天，媽跟我說銀行保險箱要搬遷，她要我做她的保鑣，我勉為其難地答應了。那天，我緊張萬分，卻故作從容把媽和她的寶物從尖沙咀護送到旺角，到了目的地才鬆一口氣。保險庫在銀行的地庫，要過重重的鐵閘才能到達新的保險箱。保險庫的牆身從上而下全是大大小小的保險鐵箱，每個箱子也有兩個獨特的鑰匙孔，儼如兩隻瞳孔監視着四周，整個保險庫是如此冰冷。

　　媽弄好一切後，竟把一個小小的織錦豔紅軟袋塞往我手中，說：「你這麼喜歡鑽戒，這顆給你了，外婆只有這枚。」

　　我打開那柔軟的小袋一看，果然是外婆從前常常戴着的鑽戒。那指環有五顆小鑽石並排，牢牢地鑲嵌在白金圈上，恍如一頂精緻的皇冠，閃閃生輝。我望着媽，腦裏轉着一大堆問題，媽卻輕描淡寫地拋下一句：「快收好！」

　　我只懂照指示辦事，心裏卻冒着一個一個問題：那五顆小石是代表外婆的五個兒女嗎？又是誰人送給她呢？外婆在生時天天也戴着那指環，為何我沒好好問她那指環的故事……外婆的指環恍如她一部分，她天天戴着，也不覺那些小石特別閃耀奪目，也不覺外婆虛榮

炫耀。

　　如今，我終於有了自己的鑽戒。

　　這天，我悉心打扮，只為了這唯一的鑽戒。我在擠擁的車廂，握着扶手，看着手指被加冕的小皇冠卻突然心虛了，我把那指環轉向掌心，不讓人看到那些奪目的小石，自己用着拇指輕撫它們。這一轉動，這一輕撫，我想起傳說中能令人隱形的魔戒（Ring of Gyges）。[2]

　　車門打開，我走向人群，湮沒在這城市裏。

2　Ring of Gyes（裘格斯指環）的故事出自柏拉圖的《理想國》（The Republic）。裘格斯本來是一個貧窮而誠實的牧羊人。有一天，他跟隨羊群走進了一個隱蔽的山洞，發現洞內有一具佩戴着一枚黃金戒指的屍體。裘格斯更發現這枚戒指能令他有隱身的魔力。裘格斯使用他的魔力誘惑了皇后，並在她的幫助下弒君奪位。柏拉圖要探討的是：如果人可以逃避所有後果，為所欲為，我們還會做一個正直、遵守道德戒律的人嗎？

筆下留情

　　不瞞你，此刻我正一筆一畫地努力爬格子。別笑我，這是我唯一寫作的方法，跟我不諳中文打字無關。每當我看到電腦螢光幕的鼠標一閃一閃地在催迫我，我便愈發緊張，腦子繼而進入一種麻痺癱瘓的逃避狀態。即使我用英文寫研究報告時，也是先以紙筆寫下初稿。我的同事沒法理解我的心理狀態，都笑我浪費時間和精力。幸好，他們還未發現我要在原稿紙上直豎爬寫才能用中文表達思緒的習慣。原稿紙上綠色的格子不單讓我的心神安定下來，也讓我如藤蔓亂竄的思緒有了可依靠生長的藩籬。每次我把自己親自書寫的初稿、草稿扔掉，心裏也泛起點點依依不捨。但願我能像古人可到惜字亭焚稿。我更幻想自己若有一天成了偉人，我的字跡將何等矜貴。不是嗎？在這電子數碼的世代，字跡可能很快成為珍稀奇品。現在連學生考試也逐漸以電腦鍵盤輸入答案，何用書寫？就算寫下了，又說受私隱法所管制，考試答案應在三個月內毀

掉。我們將再難以看到某某大法官在上大學時書寫的考試答案，圖書館也難再有名人兒時的點滴真跡。加上現在連合同簽署也可以電子形式完成，再過時日又哪有人能因看到偉人的親筆簽署而改變一生呢？（台灣音樂人彭廣林教授是小提琴家，他就曾說過，在美國上研究院時，因看到著名小提琴家Kriesler在年老時竟答應到美國鄉村學校演奏簽下的協議書，而深受感召，決意為音樂教育作出同樣貢獻。）

所以當我得知在台北竟有一間專門收藏和展覽台灣詩人手稿的博物館時，心裏頓生無限嚮往。雖然博物館是位於濟南路上兩棟小小的日式歷史建築，它卻有一個非常優雅的名字：齊東詩舍；而館藏展則同樣有一個內斂而耀眼的名字：詩手跡。詩舍、手稿，古老的黑瓦房子和守護它們周遭的老樹形成了一種安靜而又強大的詩意空間。人們得脫下鞋子才可入內，在不同的房間看到不同年代詩人留下的「手跡」和「心畫」。能遊走於室外陽光和老樹影射的光影世界中，一切美好得疑幻疑真。

我看到清末抗日詩人洪棄生以鐵畫銀鈎書寫的〈痛斷髮〉；又看到孤獨國國王周夢蝶寫於牛皮紙袋外側的〈蝸牛與武猴椰〉一詩的草稿。唯獨美中不足的是詩舍

展出余光中和鄭愁予兩位名滿海外詩人的作品竟不是他們的詩：余光中的作品是他談中文文法的「虛實之間見功夫」，而鄭愁予則是他懷念已故詩人周夢蝶的「卿雲高潔兮——詩碑碼記周夢蝶詩魂」。

無論如何，能夠走一趟詩舍，親眼目睹單以稿紙和墨水的詩手跡已令人滿心歡悦。現在方知周夢蝶寫得一手端正剛毅的瘦金體；余光中的字是如此方正工整而帶勁；鄭愁予微微右傾的毛筆字則猶如疾風勁草，他的情感是如此熾熱。那些作品的字裏行間都埋藏了詩人冷靜的觀察，沸騰的情感和那溫婉動情下筆的一刻。

至於他們的書法字體是否端莊秀麗，能否登大雅之堂實屬其次。哪有人批評過祖師奶奶張愛玲之字體？唯獨大家只盼望能一睹她那些圓潤如小卵石，又猶如小花瓣的真跡。我這樣説，你一定猜我的字體難以見人，我一定不懂書法。

我的字體確實不美，我也曾為此而吃過苦頭，但我不完全是一個莽夫。小學時，全校也得沿用同一樣的英文習字簿學習寫正楷和草楷。這樣訓練的結果是全體同學的字體也變得同一模式，我們學校的字體可謂自成一家，一看便知是同門師姐妹。可惜，上了中學後，我體內叛逆的細胞無端爆發，我的中英文字體全然

向左傾。根據心理分析，左傾的字體代表那人極度內向、不願與世界多接觸。學校的老師當然不會理會我的心理狀況，他們只說我左傾的字體把他們看得頭暈腦脹，而為此我必須受到扣分的懲罰和必須把字體站直。若字體是心理和個性的反射，試問我又有何德何能把自己扶直？而心底內，我對自己獨特的字體引以為榮。直至公開考試成績不如理想才心虛起來，莫非考官看不懂？我媽就在我受到打擊而產生自我懷疑之時，乘虛而入，把我押送到書法班中。

　　幸好，那不是到另一所學校或到社區中心學習書法，而是到趙世光老師家中。老師家在窩打老道山上，只要走過喧鬧的窩打老道，越過圖書館的大堂和電動扶梯，避過球場的小孩，再往上走便是一個寧靜的住宅區。我得把書畫捲在畫筒內，背在肩上往老師家走，總覺有一種背劍上山拜師學藝的情懷。

　　老師師從趙少昂嶺南派大師，他家中全是中式傢俬擺設，趙少昂老師的作品全掛在客廳中，他自己和他兒子的畫則掛在書房中。書房也是老師自己練字習畫和教學的地方，牆上書桌掛着、躺着大大小小各式各樣的毛筆。桌上的顏色碟總有數個疊着，全都終日存放着不同色彩的顏料，而房間總隱隱透着一種紙和墨的氣

味。對於我來說，房間最獨特處是掛在門框上老師年少時的一張黑白照。老師當過戰地記者，又當過美術老師和體育老師，那幅相片也許是老師三十多歲時拍下的。相中人是如此清秀的一名讀書人，穿着西裝，兩眼充滿自信而閃着平易近人的笑意。我初跟老師學習書法時，他應快七十歲了，但他那閃爍聰穎而又和藹的眼神跟他年青俊朗時同出一轍。

雖說到老師家上課，老師卻從沒開班，因每一位學生也是個別授課的。每人各自把功課交給老師批改，而老師再就每人所需改善處作示範，繼而批出新的習作作臨摹或練習。也就是說上課下課也沒有硬性的規定時間，你大可整個上午或下午就坐在老師旁看他批改、寫字和作畫；可看到老師如何從最基本的書法技巧授予初入門的小徒弟如我，亦可看到老師如何為大師兄的深海珊瑚魚渲染整個海底，把魚兒們置於海中，讓牠們因「得水」而變得活潑起來；甚至可看到老師如何為動物「點睛」讓動物靈現起來。老師的學生各適其適：有學生、老師、退休人士，有在酒家專為客人寫宴席菜單的部長，有寫商業招牌的師傅，亦有數位日本家庭主婦。有的來去匆匆，有的則坐上大半天。

對於我學習書法的初衷，老師從不多問。反正對

老師來說，不習十年書法，字是不能見人的。我沒好好習過字，字醜又何足為奇？老師也從沒過問我學校的成績，反過來是師母多在考試期間作鼓勵慰問。

老師也從沒罵過、笑過，甚至說過我的字難看。我第一次給老師看我的字時，他只笑笑，繼而拿出他自設的一套基本書法練習給我作示範，給我講解執筆的方法。我從老師那兒方明白中線平衡均勻結構之美。那時不再覺得漢字繁複厭煩，而是漸漸懂得欣賞字體的結構、筆畫的排列及與其互相的美妙關係。老師也讓我明白和感受到執筆、下筆的奧妙處。當我第一次能正確地執筆，感受到筆桿垂直於紙面上，那筆膽的圓韌重心能穩固立體地用力而畫出均勻的線條時，那時始知漢字之美和毛筆之奇妙。老師讓我明瞭不同毛筆所用的「毛」（如狼毫、羊毫）都有其不同柔軟和硬度，都潛藏着不同的柔韌力量；也讓我看到筆墨不單只有烏卒卒的黑色，還有其濕潤濃烈和柔弱淡薄的一面。墨也有其明暗濃淡、重弱細緻的色彩。唯有親筆書寫才能體驗其微妙處：點、橫、豎、勾、撇、捺、仰橫、斜撇、收鋒、藏鋒……每一筆畫都有其妙趣處，也都經歷過數千年積累的文化底蘊。

我初跟老師學習時，老師批改功課後，都特意囑

咐我到那能看到室外綠意盎然的客廳照他示範，馬上練習一次，再把習作拿給他再作批改。老師用上一種獨特的朱紅墨在我的功課上修改：好的字有小圈圈畫上，不好的老師會解說，並把紅筆寫在那壞的黑字上。老師叮囑說別把自己的功課扔掉，好好保存，日後拿出來看，定會看到進步。我一直也捨不得扔掉有老師批改過的功課，也偷偷藏起了後期老師寫給我練習以行書書寫的詩詞。

老師總希望我學畫，他常說國畫尤其嶺南派的畫風色彩豐富多變，可惜我連最基本的四君子（梅、蘭、竹、菊）也未習好便出國唸書了。回港後也沒好好繼續學習，可幸老師也不介意。每次探望他，他都滿心歡喜，還十分體諒我工作繁忙。

如今，老師仙逝已久，我沒法好好跟他磨劍十年，字又怎能見人呢？

我只能在如路軌一般的原稿紙上把字寫給自己看，點橫撇捺，一路寫下去。

苦苦

　　黑色，神秘詭異。要把黑色的東西吃進肚子裏真需要一點勇氣。所以我對於傳統的食物如雲耳和冬菇也沒有好感，時髦的如墨魚汁意粉就更加避之則吉，連受眾人愛戴的可口可樂也不是我的喜好，我寧可挑透明潔淨的雪碧。可是，我體內的細胞偏要跟我過不去，硬要對西藥發生諸多過敏反應，令我不得不投靠中藥，吃下一碗又一碗的苦茶。

　　打從嬰孩時期我便與苦茶結下了不解緣。據母親說，我還是手抱嬰兒時便得了水痘，全身長滿了大大小小的水疱，身體熱得像一個小火爐，病得連哭也不會，吃過西藥，病情稍為穩定但也未見明顯好轉。父母見狀後便把我帶去看當時的著名中醫勞英羣，吃過他的藥後，我的病情果然慢慢好起來。只是小手因耐不住癢而搔破了臉上一個大水疱，留下一個小小的凹痕，可算是那場與病魔搏鬥的戰績。媽對於女兒臉上留下了疤痕一直耿耿於懷，甚至怪責勞醫生不力。疤痕留

下了，我卻對自己發病、掙扎、痊癒一點記憶也沒有。我只好奇爸媽如何把黑糊糊、充滿奇特草藥味的苦茶灌進一個嬰孩口中。爸媽形容我是非常合作的嬰兒，他們說孩提的哥哥會把盛了苦茶的湯匙咬在唇邊力阻苦茶流進他口中，又會噴得爸媽滿臉都是苦茶，甚至會以小頭撞床以示抗議。相比之下，我是爸媽眼中喝苦茶的能手。

但誰又喜歡喝苦茶呢？喫吞西藥簡單容易，藥丸可有糖衣包裝，藥水有櫻桃味和草莓味掩飾。中藥的苦茶卻永遠離不開一碗黑色刺鼻的苦水，任由你把蜜糖調進去，任由你口裏含着蜜餞才灌下，那碗藥還是會把你苦得眉頭緊皺，苦得令你口腔留下久久不散的澀味。生物學家發現人類大約有八千個味蕾，分佈於舌頭、口腔以及咽喉，每個味蕾都包含多種感受細胞，能分辨甜、酸、苦、鹹和鹹酸味（一種像味精的味道），而舌頭不同區域對特定味道會較為敏感，例如舌頭後部位便專司苦味的偵測。怪不得我好友的小兒稱苦茶為「苦苦」，舌頭初次嚐到苦茶已刺激到舌尖，最後把它嚥下喉頭又要再苦一次。

就算你不怕吃苦茶，煎藥也不是一樁容易的事。正統的煎藥要用瓦煲以明火慢煎。要煎多久呢？這實

在是謎一樣的學問，藥方的指示一般只會說由多少碗水煎剩一碗，那你就得過了若干時辰，把那單嘴泥色的瓦煲從爐中提起，倒出煎藥，看份量評估濃度。若多了水分還好，慢慢再煎便是了。但若是第一次倒出來已少於一碗，那就浪費一番心機，再加水已不行，只好把那稠稠黑黑的苦茶喝下。以上只是最簡單的指示，醫師可能會囑咐你要把藥渣翻煲，或是跟你說某些藥要後下，那你更要加倍留神。電子藥煲的發明確能省下不少功夫，無論下了多少水它也能煎成一碗，可是很多中醫師都說電子藥煲會降低藥效，中藥不宜以電子產品煎熬。當然用藥粉沖劑泡出來的苦茶更方便簡單，但不少人對它們的藥力存疑。另外一種方式是藥房把客人的藥煎好，存入小小的密封膠袋內，客人回家後把那小袋的藥翻熱飲用即可。藥房可把一星期的藥煎好，那冰箱裏便儲藏着一小袋一小袋的黑色苦水。嚴謹的醫師自會對隔夜的藥嗤之以鼻。但無論用哪種方法煎藥、沖藥和「溫」藥，也沒法避過中藥的特殊氣味：那種混了各種草藥、濃重而帶苦澀的氣味。若是在家中煎藥，會把家中薰得藥氣沖天，甚至弄得屋外的走廊也充滿怪異的草藥味，像響起警報令鄰居立時知道哪家是病戶。一次我到某一大學的中醫診所求醫，誤闖了他

們替病人煎藥的部門，還未踏進門，我已感到整個區域瀰漫着奇特藥味，彷彿牆壁每一角也滲着濃烈的藥氣。也許那兒存着不同的大鍋爐，依着不同病人的病歷處方在煎藥、熬藥，有着不同的墨色苦茶，散發着奇特詭異的山草藥味，甚至有秘製處方能把各種草藥煉成藥丸、藥粉，以備不時之用。那兒神秘怪異令人卻步。

　　有關苦苦的種種，如果可以，我還是希望可以遠離它。自從嬰孩時期那一役，我也甚少跟它打交道。直至從國外唸書回來，身體卻無端發生了變化，連吃傷風感冒藥也會引起皮膚出現紅疹。最奇怪難受的是舌頭不知何時竟變得脹痛不安，連吃東西的心情也沒有了。看了西醫，他們説沒生命危險就由它吧；看了數個中醫，吃了苦茶也未見成效。就在這時我的好友推介我去看一位前清御醫的後人羅醫生，友人千叮萬囑我別稱呼她為醫師，因她認為中醫與西醫應被看齊。羅醫生的診所就在她中環堅道家中，那兒闊大卻幽暗，飯廳擺了一套鑲雲石黑木小圓餐桌與四張小凳子，書架儲放了線裝版的《黃帝內經》和《本草綱目》。羅醫生是位上了年紀的女中醫，個子矮小，盤了個整齊而結實的髮髻。雖然她已年過七十，眼睛還是炯炯有神，嘴裏常吸着幼身深褐色的長煙，卻沒有難聞的煙草味，只見裊

裊輕煙上升。

　　羅醫生與她的老傭人同住，家的房設簡潔，但羅醫生診症卻非常講究。她希望病人可在每一天同樣的時間去看她，讓她能夠更可靠地知道病人情況的變化。她說每天早上看診最佳，那時她可以用自然的太陽光看清楚病人的眼睛，看看眼白有沒有帶黃，有沒有偏藍；而她每次診症都是先看眼睛，後打脈，再看舌頭，然後才用毛筆記下藥方。她指明只能到中環的春回堂配藥，而她每次也只會寫一天的藥方，因她說身體天天也在變化，每天不同，她不能寫下一道藥方而吩咐病人連吃數天。她不但對病人要求高，對自己也如此。她從不休假，一星期七天應診，一年只有觀音誕那天，為了到寺廟祈福謝恩才暫停看病，而她每天也喝蘋果瘦肉湯以解她抽煙的肺毒。

　　幸好那年向羅醫生求診是在夏季的學校假期，方可天天跑到她家裏，再到中環配藥，回家煲藥。也不知道哪裏來的毅力和魄力讓我堅持了整整一個暑假。我的舌頭在羅醫生的診治下果然好起來了，我的飲食和生活習慣也在那時起了變化：晚上十一時（子時）睡覺，戒掉了奶茶咖啡，只吃魚肉豬肉，所有食物也用蒸或炆的方法烹調，不再吃生冷的東西。也許去看羅醫

生的病人罹患奇難雜症居多，那時常碰到一位得了婦科腫瘤的病人，老遠從沙田到羅醫生的家看病；也有一位三十出頭的男子，全身的皮膚像鱗片細屑脫落。相對他們，上天待我不薄。羅醫生除了看病，也愛跟她的病人以陰陽五行解說食療，她說抗生素都含金石之毒，大部分水果都不宜生吃，西瓜更只適合每年在大暑那天才吃，清水只能喝溫開水。她對人體及天地間的運行有其獨特的見解。從她口中，我方領悟到中醫學的博大精深，血氣運行與天地運轉的奇妙關係，才明白為何要子時前入睡。也在那時，我開始適應了要跟苦苦一起度日的生活，看清楚黑壓壓的苦茶往往不及深褐色的苦，也領悟到甘苦之間的區別。我身體慢慢地好過來，終於有一天，羅醫生跟我笑笑說不用再去看她，她甚至說我可以吃我最愛的點心——叉燒包。我終於可脫離苦苦的日子，但也不免感到患得患失。

　　我不用再過嚴謹如清教徒般的生活，卻也不敢太放肆，我的舌頭恍如探測器，總會告訴我哪種食物飲料不適合我的身體。在我康復不久後，羅醫生也很快被迫「退休」了。政府修例要中醫師註冊考牌，或證明自己有足夠的行醫經驗，羅醫生認為這是奇恥大辱，怎可叫一位名醫去證明自己符合資格？她雖為御醫後人，卻

為人低調，救人無數，又常以病人福祉為依歸，到底要她證明甚麼呢？最後是羅醫生的病人替她申請了牌照，但她頓覺年事已高，意興闌珊，也沒有再行醫。

現在，若我身體不適，我大都跑去九龍尖沙咀看陳醫生和顧醫生兩夫婦。他們本是上海某醫院的全科醫生，在八十年代南下香港。到港後只能當中醫師，初到時陳醫生還要在報紙上寫稿以幫補家計，也正因此令他漸有名氣。陳醫生和顧醫生都有一種中西合璧的溫文儒雅。他們的衣著總是樸實整潔。陳醫生戴金絲眼鏡，總穿襯衫西褲，說着一種混了普通話音的廣東話，令人甚有親切感。顧醫生則燙了微微波浪的短髮，總愛穿裙子配矮跟尖頭鞋，說流利的廣東話，予人精明能幹又平易近人的感覺。當陳醫生看診時，顧醫生就會負責配藥。倒過來，若顧醫生看診時，陳醫生則做她的助手。他們在煩囂的尖沙咀商業大廈行醫，但踏進他們的診所內便有種平靜的感覺。他們有時會幫病人量體溫、度血壓，也會跟病人說說笑，閒話家常。配藥的地方雖然同樣有中藥行常見的百子櫃，藥卻是放在滿牆小小的鐵製抽屜內，它們有着不同的標籤寫着奇特的藥名，如地龍、蟬蛻、雞血藤和白蘚皮，但拉開抽屜後只見一小袋一小袋密封的藥粉。回家後只

需把不同的藥粉加入熱水中混和後飲用便行。苦味還是逃不過的，而顧醫生會給病人山楂餅送口。顧醫生對我下達戒口的規條甚為寬鬆：只要不吃辣和煎炸食物便行。陳醫生總愛叫人放鬆，保持心情愉快。他們猶如西方的家庭醫生，總能令病人感到踏實安心。

幸好我生命中有羅醫生、陳醫生和顧醫生。羅醫生醫術精湛，是位執着得近乎完美主義的追求者，在我較年青時遇上她也令我對處世做事嚴謹起來。到了中年才遇上陳醫生和顧醫生，從他們身上我看到一種餘裕，對生命認真卻不失對人對事寬容。在我生命中還有另外一位中醫。那位中醫有自己的醫館，有真正木製的百子櫃，儲放各式各樣的藥材，醫館還有中藥材鍘刀，搗碎藥材的工具和牛骨製的藥秤，更有意思的是他有兒子可繼承衣缽。他的兒子常坐在他旁與他一起應診，他為這名兒子起名為「福利」，可想這位中醫確是濟世為懷，終日想着病人。可是我更喜歡他本人的名字：鍾伯明，令人想起「一理通百理明」的諺語，又予人清朗聰穎的氣息。我認識鍾醫生的時候，他已有一定年事。他身材高瘦，臉長清癯，身穿灰色唐裝衫，腳穿中式布底鞋，彷彿是武功高強的世外高人。他的兒子鍾福利醫生則是個子較為矮小，臉上架着茶褐色膠

框眼鏡，穿白襯衫西褲，像位敦厚的老師。

　　他們的醫館在九龍城衙前塱道，每次去那兒也聽到飛機隆隆在升降，但一進醫館便恍如到了另一個世界。甫進門便是配藥處，再進去內廳才是應診的地方，病人坐在木椅上輪候。一般我是陪媽媽去看病，或適逢自己在假期生病又找不到西醫才去看鍾醫生。跟羅醫生一樣，鍾醫生也是長年無休，連大年初一也只休息一個上午，他說病魔不會休假，病人不能沒醫生照顧。爸說我小時有一次夜半發高燒，他抱着我去敲鍾醫生的門，開門的是鍾福利醫生，他二話不說就幫我看病。鍾福利醫生繼承了父親的醫訓，在鍾伯明醫生離世後，他也是天天為病人診症，及至2012年，他亦不幸去世。爸爸告訴我鍾福利醫生一直是獨身。他天天在醫館看病，哪有閒情談戀愛呢？

　　兩位鍾醫生走了，醫館也沒有了。但有一天我竟在雜誌上讀到「蔘茸藥行『大和堂』活化變了咖啡店，藥瓶、百子櫃飄出咖啡香」。「大和堂」就是兩位鍾醫生的醫館，原來還在。我告訴在九龍城長大的阿力關於大和堂的事，他竟從沒到過那兒，我們就決定一起到這間醫館咖啡室去看看。我為了憶舊，他則出於好奇。大和堂屬戰前廣東騎樓式建築物，於1932年創立，挨

過了日軍佔領，見證了香港主權移交，經歷了沙士一疫，讓不少人遮陽避雨。到了門口，看到那鑄上了「大和堂」的鋁水鐵閘和店內的水泥地板頓覺親切和暖。飛機聲已不再，百子櫃內已抓不出藥草，下首玻璃櫃裏也看不到那些令我小時深深害怕的名貴藥材如鹿茸、海馬，以至蜈蚣。現在只放了手工啤酒和法國礦泉水，不禁有點失落唏噓。店內掛上舊日「大和堂」的照片，店中央有「大和堂」的金漆招牌，牆上掛了一副舊日留下的鏡屏，用隸書寫着「超華勝扁」，鏡角的水銀有點剝落，人還是被照得清清楚楚，還有另一副賀匾寫着「劍膽琴心」，全屬舊日的情懷。我看着天花板的電風扇高高的吊着，緩緩地轉動，聽着店內放送的爵士樂。配藥的老師傅已變為年青的女咖啡調配師。百子櫃最高一層的鏡櫃仍寫有羚羊犀角、金絲熊膽、茄南沉香、金蒲珍珠等的名貴藥材名字，但藥早已被禁了，櫃想必也是空空的。我點了一客洋葱湯，卻是用一個小小黑色單嘴長臂大圓肚子，仿瓦藥煲盛着上，我還得用一隻中式高身厚邊的藍色瓦碗飲用。我又點了一杯黑咖啡，它是用九十二度的水溫煮開，湖水綠的咖啡杯用紅字寫着「大和堂」，伴着它還有一塊小曲奇。我看着這漆黑漆黑的飲料，它確實飄着咖啡豆的香氣，我卻突然

想起另一種漆黑，另一種甘苦，以及伴着它用桃紅薄紙包着的葡萄乾，一切恍如隔世。

天天寫作

　　數年前我曾立志當業餘寫作家，可惜寫作速度緩慢，產量零丁碎落。朋友中我只認識S這位業餘作家，由於他產量頗豐，給我傳授了不少竅門，說不要等靈感來，又說不少大作家如海明威、村上春樹和湯馬士·曼也是天天寫作。他自己更是把寫作簿常伴身旁，在公車上寫、在咖啡室寫、旅途上也寫……初聽時，確是受到感染啟發，努力寫作，但熱情瞬間即逝，又寫不出來。過了時日，S大概認為我朽木不可雕，最近以不屑的口吻拋下一句：「寫作根本不是你生活的一部分！」我聽了後，萬分委屈，百詞莫辯，生活已夠累人：要追趕永無休止的學術報告，應付家裏沒完沒了的雜事，還得管理和解決日常隨時冒出的危機，哪能天天寫作？以上所寫全是實情，但不是實情的全部。我搜索枯腸，終於明白了：我沒有自己的書房，沒有自己的書桌，怎能天天寫作？

　　吳爾芙（Virginia Woolf）不是在她的名著《自己的

房間》（A Room of One's Own）早已說過，女人要寫作便得先有足夠的金錢和自己的房間嗎？聰明和倔強的她要求的是一間寧靜的房間，最好還是一間有隔音設備的房間，把擾人的聲音和各人的要求也濾得一乾二淨，這樣心靈才能自由飛翔，才能寫出好的作品。吳爾芙甚至認為簡·奧斯汀只當了一名小說家，而不是像莎士比亞般偉大的詩人和劇作家，原因全在於奧斯汀沒有自己的書房。奧斯汀不單要屈就於客廳一角寫作，還得偷偷摸摸地寫，用吸墨紙把作品遮遮掩掩以躲開別人好奇的目光。吳爾芙認為那種環境只訓練了奧斯汀觀察世情的洞察力，把人家的一舉手一投足、一顰一笑、隻言片語也銘記於心。但她沒有自己的書房，沒法把思緒沉澱，把情感釋放，她成不了大家。她的言詞總是如此委婉，她寫的故事永遠離不開男女婚姻關係。吳爾芙這番話不免涼薄了一點。要在家人、傭人、客人各種監視的眼光下以一顆平和安靜、無怨無懼的心寫作已屬難能可貴。況且，我連散文也寫不好，哪有資格說奧斯汀小姐只是一名小說家？我對奧斯汀小姐沒有自己的書房深表同情，作家要有自己的書房是如此理所當然。張愛玲也說過，要有一間中國風格的房間，「雪白的粉牆，金漆桌椅，大紅椅墊」。張愛玲出身名門望

族，理想的房間果然氣派不凡。張愛玲寫過散文、小說及劇本，獨欠詩歌。要寫出色的詩歌，也許需要一座城堡。里爾克（Ranier Marie Rilke）是在意大利北部一個懸崖上的古老城堡中寫下他偉大的《杜伊諾哀歌》。在那兒，他方可聽清狂風的淒厲呼嘯，並把它們化為詩篇。相傳，但丁也曾在那兒寫下《神曲》的部分篇章。想到別人有專為寫作用的城堡，又想起張愛玲說過的理想房間，只怕我這輩子連一間書房也未嘗擁有過。

香港是彈丸之地，人多擠迫，一個尋常家庭擁有獨立房子已艱難，每個成員要有自己的睡房更是難上難，而要有自己專用的書房怕且真是天方夜譚。我對房間最早的記憶是與父母同睡一室，我的睡床依着他們的床。大約到了上小學三年級時才與妹妹一起睡在走廊盡處的房間。到出國唸研究院時才算第一次擁有自己的房間，但那絕對談不上是一間書房。宿舍房間但求設備齊全：書桌、椅子、書架、床和衣櫃。講究一點的房間會有冰箱和洗臉盆。雖然溫習、休息、甚至燒飯和吃飯也在同一空間內進行，但那時能有自己的房間，自己的天地已心滿意足。最煩厭的事情莫過於宿舍鄰居在走廊高談闊論，或在他們的房間內開會

議、開派對。

　　熬到畢業，在社會謀生，儲了一點錢，有了自己的房子，卻只能說是蝸居。有一次一位來自紐西蘭的學者問我居住的房子有多大，房間有多少，我還未來得及回答，和我們在一起的同事已禁不住大笑起來。在香港，你能有多少間像樣的房間呢？我的蝸居只有客廳、飯廳和睡房，浴室和廚房不計了。書房呢？只存在於夢想國度中。

　　可憐嗎？確是有點難堪，我不知道外國的平民百姓一般來說有沒有自己的書房。以我租住世界三地Airbnb的經驗來說，也唯獨一次在德國（其餘為台灣和加拿大），能租住到一間有書房的公寓。那年暑假，我到漢堡做研究，糊裏糊塗竟有幸租住了一所在音樂文化區的舊公寓。出了公寓向左走便到達布拉姆斯博物館，向右走則可到達建於1908年的音樂廳Laizehalle。黃昏時，小號手會在聖彌額爾大教堂的鐘樓把音樂吹遍整個小區。至於我的公寓，則要爬上四層旋轉鐵鑄樓梯方可到達。一打開大門迎面接見是鐵血宰相卑斯麥的黑白全身照，它佔了整幅牆身，看守整座公寓。每天出門和歸來也得跟宰相先生打招呼。這座公寓住宅建於二次大戰前，樓高有三米多，飯廳有仿水晶大吊

燈，懸在一張八人長方形實木大餐枱上，木質樸拙自然，飯廳的設計是雅致而富現代感。相對睡房則非常簡陋，只有一張單人牀、一盞牀頭燈和一個衣櫥，窗戶是開向鄰家房舍。至於那書房，兩壁有乳白的書架，放了有關德國文學、歷史和藝術的書，地板蓋上波斯羊毛地氈，它有舒適的布質大沙發，更有自己小小的露台開向蔚藍的天空。你能想像任何一位屋主會把住宅內唯一有露台的房間用作書房嗎？唯一憾事是那間書房竟沒有書桌，它是一間名副其實只供看書逍遙的書房。

若一天我能有自己書房，我希望它是朝向翠綠鬱林，內裏格局則要三面環書，書桌不能放電腦，只給看書、寫作和沉思專用。有了書房才能放書桌，才能有書櫃藏心愛的書本。作家要有自己的書桌是何等基本的要求。也許，張愛玲在1952年短暫居留香港時，沒有一張像樣的桌子寫作才令她萌生去意。那時她住在港島英皇道，宋淇形容她租住的房間家徒四壁，「她只能拘束地在牀側的小几上寫稿。」寫的是美國新聞處委託的反共小說《赤地之戀》，那種痛苦和寂寞無依實在夠磨人，怪不得她拂袖離港。

我沒有書桌，從來只有一張「萬用桌」：吃飯、寫作、看書、用電腦⋯⋯全用它。它總是堆着各樣書本

和沒完沒了的工作，我用餐時，它們便得讓路。我總擔心我的書本和紙張夾雜食物的氣味，但我別無他法。我小時也沒有自己的書桌，更要共用一張「萬用桌」。我們兄弟姊妹五人擠在大圓餐桌上做功課。為了保衛自己的領域，各人總是把書本豎起以作碉堡圍牆之用，當然戰事還是難免的，對於越界偷襲的行為還是要驚動父母親大人主持大局。較常見和惱人卻是油漬事件，由於吃飯和溫習也是同用一桌，吃飯後若我們五人誰沒把桌子清潔好，書本和功課簿就會沾上飯餸的油污，而那討厭的油漬快速滲透紙張，不單難看，還換來老師的責罵和同學的取笑。

待我和妹妹有共用的房間時，我首次也是生平唯一一次有自己的書桌，那是舅舅搬離了我家留下的書桌。它用實木製造，中間有長方抽屜，右邊有三個直排的小抽屜。桌面放上玻璃，我把相片和書籤夾在玻璃和桌子中，至今妹妹還在用。那時是我專心愉快讀書的黃金歲月。自出國、回港、工作、賺錢，到了有自己的蝸居，還是只得萬用桌子。

沒有自己的書房，哪能有自己的書桌？我曾希望擁有一張花梨木的書桌，配一張小姐椅；亦想過要一張北歐柚木小書櫃式書桌的組合，可是家裏也容不下這

些貴賓。我沒法過愜意的物質和精神生活。別說我奢華，那大概是每個讀書人的基本渴求。

息影藝人林青霞說過她獨愛在自己衛生間的梳妝桌上寫作（當然林小姐的衛生間比平民百姓的客廳還要大，她的梳妝桌一定比我的萬用桌更講究和寬敞）。在女性獨有的私密空間，梳妝桌用作修飾儀容，整頓妍姿，也用作書桌抒發自內心喜、怒、哀、樂的情懷。她就是在這「梳妝書桌」上寫下了她的自傳。德國詩人兼劇作家布萊希特（Bertolt Brecht）對哲學巨人海格爾（Hegel）十分傾慕，他的作品反映着海格爾的哲學思想，原來他安放書桌的位置是朝向海格爾（Hegel）墓園的。書桌是通往作家心靈世界的私秘通道，是他們思想起飛的基地。前文提到的奧斯汀小姐，擁有跟她同樣優雅匹配的書桌。奧斯汀二十歲生日時收到她爸爸送給她一張紅木便攜式書桌作為禮物。那書桌驟眼看來是一個平平無奇的長方形木箱子，但箱子打開後卻搖身一變，成為一張鋪上了黑色真皮面的小斜坡書桌。它合乎現代講究的人體工學，可給奧斯汀小姐舒適地伏案寫作和看書。「斜坡」上有小空格可給她放墨水盒、羽毛筆和眼鏡。木箱側旁更有小抽屜，木箱合上則能把整張書桌鎖上。奧斯汀就是在這木箱書桌上寫下《傲

慢與偏見》和《情感和理智》的初稿。在一次旅途中她差點兒丟失了書桌，在給妹妹的信中她提到自己那時驚惶失措，以為畢生最寶貴的財物從此消失，卻原來被誤送到西印度去（可幸的不只是奧斯汀很快已尋回她的書桌，那書桌更留下來給世人觀賞，現存倫敦大英圖書館內）。奧斯汀在二十五歲時，百般不情願地跟隨父母搬到巴思（Bath），她的父親更在五年後在那兒過世。從此奧斯汀過着投靠不同親朋戚友常常搬家的生活。在寄人籬下的日子，那美麗的書桌難得打開，奧斯汀有近乎八年之久沒有提筆寫作。直到她哥哥在1809年把她們的家安頓在喬頓小屋（Chawton Cottage），她才重拾寫作。那時她有自己的一張桃木小書桌。與其說是書桌，倒不如說是一張雅致的三腳小茶桌。桌面有十二邊，卻小巧得很，大概僅能放一張紙、一瓶墨水、一支羽毛筆和一杯小茶。那是奧斯汀的寫作世界，小但全然屬於她。她的作品（《艾瑪》（Emma）、《曼斯菲爾德莊園》（Mansfield Park）和《勸導》（Persuasion））全在小書桌上完成。那小書桌給忠心的僕人保留下來，留給世界。雖然奧斯汀小姐沒有自己的書房，至少她有自己的書桌。

近日，陳萬成教授和夫人從意大利旅遊回來，興

致勃勃的跟我説在亞西西修道院所見所聞。亞西西是聖方濟各的出身地，這位天主教聖人出生於1181年，一生為貧窮邊緣者服務，聖方濟會的修士生活簡樸刻苦，現任教宗也以他的名字作為自己的名號。從前修士的房間已變為博物館供人參觀。他們給我看的相片顯示了一間簡樸的房間：灰白色的牆壁上圓拱形的窗，木椅子，祈禱用的小跪凳，還有一張書桌。那張書桌深褐色，沉鬱穩重，有七個抽屜，左右三個小的，中間有個長方形的。抽屜邊和桌邊雕刻着小型細密的立體紐紋圖案，每個小抽屜也能上鎖，而每個抽屜也有銅製球形的小把手。桌邊還斜斜的加建了小半層，放了一盞油燈和一個黑得發亮的陶瓷水壺。刻苦儉樸的中世紀修士也有一張如此精美而素雅的書桌，我的願望實屬平常不過。

看過相片後，我深深體會到若要天天寫作，我必須要具有修士們鐵一般的意志，火一般熱熾的心，和一張真正的書桌。

斷捨離

他一言不發就走了，走前還把自己在人世間一點一滴的生活記錄全數投入熊熊的烈焰中。他小學、中學的成績表，公開試的成績單，一切證書獎狀，他都親自燒毀。他自己則決意化為灰燼，撒進大海，誓要闖蕩海闊天涯。他不要任何人的惦念牽掛，瀟灑得近乎薄情，不近人情得狠心。我百思不得其解為何他如此執意要抹掉一切在人世間留下的痕跡。一個人真的能走得如此銷聲匿跡嗎？真的能放下一切，孑然一身上路？

當我滿以為他如此硬心腸時卻收到舅母的電話，傳過來的聲音道：「你舅父留下了幾本書，你要嗎？來看看吧，不然就送給別人好了。」

舅舅愛看書，我不以為然，但我卻感到非常詫異他還有書本留下。他生病那些日子，我不時探望他卻從沒看過他有自己的書本。我甚至問過他，舅舅說家裏地方小只好到圖書館借書。還跟我說他最愛看偵探

小説。他的書到底藏在他家裏哪一角？又會是怎樣的書？

其實，這不是舅舅第一次留下自己的書籍。孩提時，舅舅曾跟我們同住。他的房間在走廊盡處，小孩不得進入。婚後，他搬離了我們家，卻留下一室尚好的傢俬：書桌、衣櫃、床子和那一櫃子的書。日後，我和妹妹進佔了舅舅舊日的房間，霸佔了他留下的所有，唯獨那些書本從不願投降，不輕易給我們家五個小孩佔有。那書櫃有整套《大英百科全書》、《莎士比亞全集》、《紅樓夢》、《魯迅全集》……又有命理掌相的書籍，甚至有學習法語的書本和黑膠碟。媽總是認為留下這麼多完好精裝的書籍給小孩是浪費。她三番四次追問舅舅，他都說由它吧。我好幾次的讀書報告都是有賴那書櫃的讀本：狄更斯的《雙城記》、勃朗特的《簡‧愛》、茉莉兒的《蝴蝶夢》，還有柯林斯的偵探小說《白衣女人》。雖然看的都是精裝本，可是那時年少無知只嫌書本殘舊，紙張發黃。日後，我們五兄弟姊妹輪着出國，那些書本不知散落在何處，而那書櫃也不知在何時報銷了。

我非常懊悔沒有好好保存舅舅的書，竟連一本也沒有。我們五兄妹竟如此的沒心沒肺，看過了的書本

已忘了，沒看過的也丟棄了。所以當我得知舅舅還有書本留下時，我驚喜又好奇，是當年沒放在我家書櫃逃過一劫的書嗎？還是舅舅後來的新寵呢？最奇怪是舅舅的家根本沒有書櫃、書架，他的書到底藏在哪兒？

到達舅母家，便看到客廳角落放着一小箱書，追問下，舅母說那些書原放在電視機下的矮櫃內，與日常食物茶葉、餅乾放在一起，一般也不露面。想不到舅舅把精神食糧與裹腹的食糧放在一起，不露給外人看，只供他一人飽饗。

舅舅遺下的書有《牛津英漢字典》、《心靈雞湯》，黎明著作附有林語堂序文的《中國文學史》（A History of Chinese Literature, 1964）、蘭姆的《伊利亞隨筆》（Charles Lamb, Essays of Elia, 1959）和《現代英國散文》（Modern English Prose, edited by Guy Boas, 1959）。還有他的十四本的日文筆記簿：七本是寫在那種常見的A5向上翻揭的軟封藍白拍紙簿，七本則是寫在猶如手掌般大小黑色封面鑲孔雀藍邊的記事簿，看上去醒目非常。《牛津英漢字典》和《心靈雞湯》的內文都塗滿了黃色和耀眼的橙色螢光，字裏行間還點綴了舅舅的筆記和註釋。想不到世上真有人會如此用功去讀一本字典。舅舅的筆跡清雋端正，令人想起他清癯的面容，

縱使我不諳日語，但記事簿內的藍色字跡如舅舅一樣予人整潔、樸實和真切的感覺，怎捨得丟掉那十四本筆記簿呢？況且，舅舅是為了跟他的日本媳婦溝通，重新把舊日的筆記整理才得出那十四本筆記。至於那三本舊書：《中國文學史》是棗紅色布面，《現代英國散文》是草綠色精裝面，而《伊利亞隨筆》則是橘紅色布面。三本看上去都是瘖瘂褪色的老書，曾幾何時它們必定豔麗風光過，只是現在才現出了點點老態。也許只有這三本老書跟着舅舅搬家，才可逃過在我家的噩運。它們比我還要老，紙張全都發黃了，散發着一種舊紙張獨特的霉味，彷彿是在訴說跟舅舅一起變老的年月。它們沒有精緻的裝潢，談不上甚麼收藏價值，那本《伊利亞隨筆》更是傷痕纍纍。橘紅色的布面透出斑斑污跡，書角全給磨鈍不再尖挺，書脊更裂開兩半，勉強用磨砂半透明膠紙綑起來，顯出一幅寒傖相，跟印着威儀的鐵騎士圖案封面形成強烈對比，彷彿是以道不盡的隱衷抵禦無情的世道。那鐵騎士的戰績，不是要彪炳立功，但求至死忠心護主。

那全屬舊日的情懷，往昔的豪情和綿綿的情意。那本《現代英國散文》由 Guy Boas 編輯，他是一名校長和英文老師，出版社是專出教科書的 MacMillan。書本

大概是編給當年的中學生讀，收了邱吉爾的〈聖女貞德〉、奧威爾的〈吝嗇者〉，以及羅素的〈物的分析〉。看過目錄也不禁令人面紅，我博士學位也唸畢卻未曾看過書中任何一篇名著，只懂那些響噹噹的作者名字，不免令人慨嘆舊日的菁英原來是如此煉成的。

至於那本《伊利亞隨筆》是被董橋先生推崇備至的英國十九世紀作家蘭姆所寫。蘭姆是柯勒律治（Coleridge）和華茲華斯（Wordsworth）的好友，同屬浪漫時期的作家，只是蘭姆一生苦命。蘭姆生於1775年於倫敦市中心的聖殿區域（Temple），是當時和現今英國法律的著名中心區，有着兩所英國大律師學院。蘭姆的父親為大律師Samuel Salt的家務總管，對兒子的教育非常着緊，但因家境清貧，蘭姆十四歲便輟學，之後在東印度洋公司當了一名小文員，一做便是三十三年之久，可惜從沒獲得擢升提拔。

儘管如此，蘭姆隨筆溫煦，為人情深義重。他二十歲時，與他相戀七年的女友離他而去，下嫁當舖商人，他完全崩潰，在精神病院住了六個星期才康復，往後他為此戀情寫下動人的詩歌，而終生未娶。他二十二歲時，姐姐瑪麗因精神病發竟把母親一刀捅死了。自此以後，蘭姆便得負責照顧瑪麗的生活，姐弟

彼此相依為命。瑪麗本人也是才華出眾的作家，姐弟倆合著有《莎士比亞戲劇故事集》，只是瑪麗病情並不穩定，每次發病時也得進病院療養。母親去世後，蘭姆決意不再寫詩。他五十九歲時，與他相識於微時的摯友柯勒律治去世，蘭姆傷心悲絕，一代文豪竟沒法用文字來表達他沉痛的哀傷和情意，沒法為亡友寫下片言隻字的悼文。同年的冬天，蘭姆出外散步時，摔了一跤，最終因傷口感染而歿。

我喜歡讀董橋先生的文章，也知道他愛讀、愛藏蘭姆的文集，但直至我得到舅舅的《伊利亞隨筆》，我從沒看過蘭姆的文章。我一直以為那是舊日的世界，只宜珍藏玩賞，不是真的拿來細讀。連董橋先生在《絕色》也坦承：「伊利亞那樣的文風當今學得再像也難遮老態，不合時宜；好只好在他的隨筆是讀書人怡情的小文玩老古董，只可摩挲，不便複製……架上珍存，都見古趣，隨手翻讀輕易讀得到老早湮沒的往昔氣韻。」

可是，當我拿着舅舅留下這本傷痕纍纍的老書，看到當年它只值六元八塊時，我心生好奇為何舅舅如此喜歡蘭姆，決意躍進那舊日的世界。《伊利亞隨筆》，我最喜歡〈情人節〉一文，說的是一位E.B先生暗暗仰慕鄰家初長成的女孩。身為一名插圖畫家，他為那女孩

子繪製了不同愛情故事的插圖，悄悄以匿名郵寄的方式贈予女孩。當他在自己的住所看到那女孩子在情人節收到禮物時歡欣雀躍起舞，便心滿意足。蘭姆說那才像神仙，像上帝送來的禮物。在我看來未免太淡泊，太隱晦了。但今年情人節過後不久，我的好友芭比卻興高采烈告訴我她收到一束沒署名的漂亮鮮花。她追求者眾，她甚至問了他們各人卻終究沒人承認，這可把芭比樂透了。她說那是正統情人節的禮儀，應典雅含蓄表達愛慕之情。現在流行的情人節慶祝方式已變得商業化，喧嘩浮誇俗不可當。芭比這麼說，我才恍然大悟為何Sybil Tawse為《伊利亞隨筆》「情人節」的那幅插圖是一名清麗的閨秀讀着無名氏寄來的情書，如董橋先生所述她的「神情卻甜得要命」。

也許這世上真的有一種情愛是如此輕盈卻真切，不求回報，只望對方嫣然一笑。這就是愛情偉大之處嗎？到底舅舅為何留下這些書和筆記簿呢？

事實上，在我一生裏，舅舅不是第一個把書本留下而撒手塵寰的人。前兩者都是神父，還在他們去世那年把書本送給我。也許修道的人真的能感應天命，知道自己大限將至。

我小時，家住在神父住所和小教堂附近。那兒談

不上是修道院，因神父住在民居裏，是一幢沒有電梯清幽隱秘的四層樓房，一樓是活動室，二樓是小教堂，三四樓則是神父的住所。神父住在小山坡上，我家則靠近山坡腳下，每次去小教堂也得爬上十五分鐘的斜坡路方可到達目的地。到埗後必氣喘汗流，這更令人感到上教堂是一件大事，是誓要排除萬難，勇往直前方可接觸的神聖事。

小教堂住了一位愛好音樂的西班牙老神父Labayan，他的名字唸起就像「老爸爺」。雖然那時我還不大會說英語，但老爸爺神父卻永遠和藹可親，主動逗我說笑，又不時送西班牙糖果小點給我。神父身形略胖，頂着一個大肚子，一頭白髮，常穿白色的神父袍，腰間掛着一串長長重重的黑色唸珠，走起路來還聽到那些珠子沙沙作響。一天，神父送了我一本精裝書和一個聖像。書本是墨綠色，沒有任何花巧的設計，把它翻開，卻會「彈起」立體的彩色圖畫。那書訴說耶穌的生平，小小的我樂透了。而那聖像是手繪瓷製，以藍色為主調的聖母手抱聖嬰像，風格充滿童趣溫暖，活潑生動，是用作盛載聖水讓信徒在進教堂時蘸點聖水畫十字聖號之用。

老爸爺神父把禮物送給我的那一年，不幸中風入

院，昏迷不醒，兩年後終與世長辭，我到過醫院探望他，那時他已動了腦部手術，剃了頭，已不再是我從前認識兩眼閃着笑意可親的老人。當時年紀小，看見卧床不動的老爸爺神父，我不禁大哭起來，在旁的神父見狀急起來便叫我別哭，說這樣老爸爺神父會不高興的。怎知我聽後，更不能自制嚎啕大哭，最後被領到醫院的走廊中佇立良久，仍泣不成聲，我沒勇氣再去看老爸爺神父，而他給我的「彈起」書本不知在何年何月不翼而飛。在我家遍尋不獲，可幸那歡欣的聖母聖嬰像一直伴着我。

第二位在離世前把書本贈予給我的是郭樂士神父（Fr. Edward Collins）。他是愛爾蘭人，個子消瘦，架着一副金絲眼鏡，說一口流利廣東話，曾在修院教導神學和哲學。他總是溫文爾雅，面帶微笑，是徹頭徹尾一位學者。在我高中的日子，反叛因子突然暴發，開始懷疑人生、宗教和信仰。爸見此便帶我去與郭神父交談。那時，郭神父跟數位神父住在太子道的獨立平房，進了大閘還得走上一段綠樹濃蔭的小道方到房子。我也不大知道為何郭神父會願意每兩星期便跟我這黃毛小丫頭談天說地，東拉西扯地談着一些我滿以為舉足輕重的話題。我還認為郭神父根本沒直接回答我的問

題，但郭神父就是有一種智者的魅力令人想親近他，在他身上找到人生的答案。我跟神父說我不想上教堂，不想祈禱，因我總是魂遊太虛，根本心不在焉，神父就說好，不用去，待我的心回到上主時才去吧。他這樣一說，我反過意不去，不敢不上教堂、不祈禱，我跟他說我不明白為何上主造了智障的人，生命對他們毫無意思，神父卻說他們對我們看似健全的人大有意義，是上主要我們反思生命的價值，至今我還想着這問題。雖然神父教授哲學神學，他卻勸我不要老想着這些不着邊際的議題，他總想跟我說一些切身的話題。就這樣我高中、大學、畢業後也不時去看郭神父，直到他得了心臟病要住到安老院去。他在安老院當了神師（那兒的顧問神父），自己的房間窗明几淨，有一套簡潔清貴的中式傢俬。一天，我去看他，他說想整理一下自己的藏書，把書本贈予他人。他先叫我挑數本，我卻懵然不知他的心意，說之後有約，拿着書本怕會很重。神父卻像聽不懂，只問我是否喜歡聽歌劇，會把有關歌劇的百科書給我。我再推卻，他卻執意送我一本有關湯瑪斯·摩爾（Thomas Moore）的傳記。摩爾是英王亨利八世的司法長官，因堅決反對亨利八世廢后再娶和另立教會而被判叛國罪成，行刑處死。他死前的名言

是：「我死為國王的忠僕，但必以上主為首。」("I die the King's good servant, but God's first") 他的名著有《烏托邦》，而他的生平軼事更被拍成電影《日月精忠》(A Man for All Seasons)。

那天我帶了摩爾的傳記離開，可幸我有那本書，因同年郭神父在雙層巴士的梯級間摔了一跤，繼而病重去世。我痛恨自己沒有拿那本歌劇的百科書，唯一的慰藉是摩爾的傳記還站在我的書架上與我同在，雖然書頁大有可能藏着蠹魚，還散發着老書的氣味。它是著名傳記作家 Peter Ackroyd 寫的《The Life of Thomas More》，Vintage 出版社 1999 平裝版。封面設計是摩爾的畫像，以黃色為主調，經過年月的洗刷，全書的顏色都蒼鬱起來了，紙張變了褐色也變脆了，只有摩爾炯炯的眼神和他為了真理而寧死不屈的精神是長青。

舅舅留下的書，神父給我的書都是愛書人在他們人生旅途中經歷多次斷捨後留下的私藏。舅舅一櫃子好書也不要，自己畢生的獎狀也可親手燒毀，卻不願做秦皇。唯獨那幾本書卻始終叫他捨不得、燒不得、賣不得、捐不得，也送不得，只好放手，任由它們自己主宰命運。神父是俗外人，發了神貧的誓願，本應萬物皆空，但走前還是擔心他們的書本，要為它們找一戶好

人家投靠。舅舅從沒説要把書本留給我，我卻深明「情懷只合自家知，説與旁人枉費辭」的道理。老爸爺神父給我的童書，郭神父給我的偉人傳記，令我深深體會閱讀帶來的愉悦，那精神世界孤零神秘卻自由美麗。他們留下的老書，我也捨不得多翻，怕書本給我翻壞了，怕翻得自己內心隱隱作痛。也許，每本書也有它們的命運，而每人也有各自的心事。因為他們，我與書本邂逅結下了不解之緣；而因為書本，我亦跟他們保守了生命未能言喻的心事。

　　一天，若是我的時候到了，我的書本將會怎辦？藏書家和作家Alberto Manguel被迫搬離他住了十五年的法國百年老屋，而要入住紐約曼克頓的一房公寓，他最依依不捨竟是他那三萬五千冊書，還為此洋洋灑灑寫了《收拾我的圖書館》一書（Packing My Library）。他的藏書當然大有來頭，有十三世紀德文版聖經的孤本，有名作家如博爾赦斯親筆簽名相贈的珍本，亦有自兒時一直伴隨的書本（包括以歌德字體印刷的格林童話和HG Wells, The Island of Doctor Moreau）。書本是他的朋友，他甚少把書本外借，每次搬家把書本放進箱子都令他頭痛又心痛。書本是他的一部分，他的夢想、生活，以至心事全與書本連繫着。你要這樣一個好好的

讀書人怎樣斷捨離？

　　我沒有如此豪情壯志去搜集和收藏書本，我只有一櫃子滿是自己喜歡看的書。也許今天我就應該開始那揪心的斷捨離工程，那將是畢生的工程，但願我也能感應天命，能在上路前找到愛書人延續一點書緣。

出走途上的契遇

陳萬成

　　手捧善喻的新集，厚重一疊，乍看書題，不覺啞笑。

　　白日夢，何異於出走？向現場説不，一走了之。而把出走途上的悲喜愛恨一一歸於夢中，雲淡風輕，能有加倍的從容？

　　有人説，出走是為了重回家的懷抱。我細撿了《白日夢》裏的「重回」，要不是「躲避重回」，就是「悲傷重回」，總不離挫敗、情傷、生命的終了。[1]「重回」對善喻來説，似乎是格外的陰悒。

　　也許，出走是為了尋家，西諺所謂「心在斯，家在斯」。（Home is where the heart is.）尋家之難，不在於「尋」。跋山涉水，何難之有？所難在乎東尋西覓、

1　《白日夢》裏的「重回」出現了僅三次，一次在〈雪地〉，兩次在〈聲無哀樂〉。

千迴百折之後，卻依然是似有還無的那個家。《白日夢》裏，此來彼往的異地，從古書店到博物館，從大學院到靜修院，從櫻花島國到呂貝克，甚至跑進趙老先生的南派筆墨，修尼的青山白雲，甚至歇身於外公去慣的花燭生情的玫瑰餐廳，這個出走的女子，始終只是異地上一個過客。

＊　　＊　　＊

我閱讀善喻，最感於陌路過客的契遇。我與善喻第一回的契遇，緣於《出走》。

我們同在一所大學教書，她教法律，我教文史，在職員飯堂偶然碰面，頂多也是點個頭，然後各吃一桌，也各有飯友。一晃十年，終來了一次巴士狹遇，在沒話找話之際，我問起法學院裏一位前輩，久久沒再見過。連她的姓名我也說不上來，只記得她個頭小，獨來獨往，長年不分寒暑，肩上總搭一條普魯士藍的厚披巾。她令我難忘，除了她的永遠急步操，還有她的永遠孤獨——走路是一個，吃飯也是一個，低頭啃飯，抬頭便走。每次在樓廊上或飯堂裏，聽見她一雙厚實的皮鞋著地有聲，咯、咯、咯、咯、咯，咯、咯，急風驟雨，勢同破竹，總覺得是高效功率掩不住的蒼涼

寂寞。

善喻略帶笑意向我說：「那是何老師，她過去了。」

翌日，她上我辦公室送來一冊《出走》，當中就有〈念何美歡老師〉一文。沒想到，我唯一曾有莫名感念的法學院奇女子，與善喻竟有如此深厚的情緣。於她是如此熱乎真摯，把生命活得紅紅火火的良師益友，於我卻是潭深水冷的一個畸零人。

讀書與讀人，原是一樣，各隨性情際遇，各有所得。好想問善喻，兩個她合起來，就是一個完整的她麼？還是她始終要從我們的愛慕與好奇中出走？

* * *

捧讀《白日夢》，善喻原來還有其他的契遇。

〈聲無哀樂〉裏提到 Clara Haskil。我追慕過她的「鉛華洗盡也從容」。從容老道，卻連踩踏板也毫秒不差。這個名字在鋼琴界已不再時髦，難道我們又都同樣愛上了一個老女人？

善喻會德文，她喜歡托馬斯‧曼（Thomas Mann），連帶愛上曼的老鄉呂貝克（Lübeck），也喜歡《魔山》（Der Zauberberg）裏提過的《冬之旅》（Wintereisse）。閒話中，她說起聽過一場 Wintereisse 的演唱。

「為甚麼德國人總是把死亡和愛情搞在一起？」

她這一問，觸動了我也曾有過的「曼」情結。《魔山》的結局是，主角 Hans Castorp 終於下山踏上戰場。三千個剛從學校走出來、腮紅肌白的毛頭小伙兵，頂着蕭蕭雨暮，迎向漫天炮火，擁槍一擁而上。在那片曾經開滿了紅嫣嫣虞美人的東線，舉步維艱之際，他給自己低低唱起歌來：

Ich schnitt in seine Reinde,
So manche liebe Wort　（Der Lindenbaum）

我刻在樹皮上
一串串愛的字句　（《菩提樹》）

我們這輩唸過官小的，誰沒有捧起過趙梅伯編的《名歌選》，咿啞咿啞唱過《菩提樹》？[2]

對於這個浪漫得不得了的 Castorp，世上的至善至美，恐怕只能存於甘心赴死的愛情，也只有在愛情中死去，才能留下一趟不染一塵的青春。青頭時代的我，歪讀過《魔山》，曾短暫地這麼信仰過。

2　《菩提樹》是《冬之旅》組曲的第五首，曾收入趙梅伯編的《名歌選》。趙編綠皮兩冊，是五六十年代官立小學的指定用書。

　　　　　＊　　＊　　＊

　　我和善喻的另一個契遇點，在於玫瑰餐廳。善喻
是這樣寫的：

> 　　外公也愛在特別的日子帶外婆和我們兄妹
> 到西餐廳。那時，北角有一間叫玫瑰餐廳，價
> 錢合理，氣氛卻高雅。那兒燈光昏暗，每枱點
> 着小蠟燭，放着鮮花。對小孩的我們來說，是
> 非常獨特的經驗，我們多興奮，甚至在到埗前
> 已議論紛紛要吃哪一種扒類全餐。

　　要不是她提起，我早已忘掉曾有這麼一家餐廳。
　　我唸大學的一個暑假，和父親約好，每天午休，
都到玫瑰餐廳飯聚。我和父親自小就不常見面，見了
面，除了他問我吃穿夠不夠，再也無話可說。但那個
把月，我們都莫名其妙地堅持，每天都例必完成這份親
緣的禮儀。
　　英皇道上，外頭是亮刺刺的大太陽，一進餐廳，
昏天黑地，兩個人各點了甚麼扒，就默默地切割。我
挖空心思，只想到問他：生意還好？他應一句：還好。
他沒有問我在大學上的是甚麼課，過得好不好。是他

害怕，本來就不知所問，問了丟臉？而我，害怕甚麼呢？沉默與支吾之間的一頓飯，滿腔躁動，難過又不想就這麼過去，兩個人沉浸在比餐茶更苦澀的親情裏，過了一個暑假。

說不定，當時坐在鄰桌的老小，熱熱鬧鬧，是善喻一家？

*　　*　　*

〈天天寫作〉提到的一張書桌相片，我也見過。我眼裏是一張黑實實可以寫字的大木桌，來到善喻的眼底筆尖，竟有一番精緻嫵媚：

〔靜室〕灰白色的牆壁上圓拱形的窗、木椅子、祈禱用的小跪凳，還有一張書桌。那張書桌深褐色，沉鬱穩重，有七個抽屜，左右三個小的，中間有個長方形的。抽屜邊和桌邊雕刻着小型細密的立體紐紋圖案，每個小抽屜也能上鎖，而每個抽屜也有銅製球形的小把手。桌邊還斜斜的加建了小半層，放了一盞油燈和一個黑得發亮的陶瓷水壺。

書桌之所在，是格朝奧〔Greccio〕一座隱修院，

孤零零自中世紀就屹立於斷崖之上。頂樓是起居的靜室，有七、八間，每間都有拱窗、跪凳、大條背椅，還有就是這麼一張書桌。古人說：借三眼觀天下事，[3] 幸借善喻的眼力，我才看得見每個抽屜的銅球小把手上，竟有個鎖匙孔。

七個鎖匙孔──隱修人要這重重把鎖幹嗎？

頭頭放捨，卻總放不下幾樁私密，捨不掉一塊莫失莫忘的寶貝？

* * *

拉雜寫上過千字的跋，就此打住好了。

我對善喻的喜歡，忘年得莫名其妙，可能是認出對方也原來是個萍梗過客。清代吳喬寫過《圍爐詩話》，自序云：

> 辛酉冬，萍梗都門，與東海諸英俊圍爐取暖，啖爆栗，烹苦茶，笑言飆舉，無復畛畦。

多麼令人神往的前現代場景！京華倦客（這位吳先生已七十進五，還旅次北京做客），難得圍爐夜話，啖栗吃

3　道教守門護法王天君有三眼，額堂的慧眼，據說是玉皇加賜的。

茶，歡聲笑語，共消寂寞。

　　善喻讓我代為寫跋，是極為尊寵的，這個小篇，
就當作與善喻的圍爐共話。

責任編輯：羅國洪

封面設計：洪清淇

白日夢

善喻　著

出　　版：匯智出版有限公司

　　　　　香港九龍尖沙咀赫德道2A首邦行8樓803室

　　　　　電話：2390 0605　　傳真：2142 3161

　　　　　網址：http://www.ip.com.hk

發　　行：香港聯合書刊物流有限公司

　　　　　香港新界大埔汀麗路36號中華商務印刷大廈3字樓

　　　　　電話：2150 2100　　傳真：2407 3062

印　　刷：陽光 (彩美) 印刷有限公司

版　　次：2020年8月初版

國際書號：978-988-74437-3-5

香港藝術發展局全力支持藝術表達自由，本計劃
內容並不反映本局意見。